ブルーブラッド
The Blue Blood

ただ一点だけ接した口元だけが、深く、濃く、私を煽る。
好きだ。
彼がとても。
このキス一つで、体温が上がるほどに。

ブルーブラッド

火《ひ》崎《ざき》 勇《ゆう》

ILLUSTRATION
佐々木久美子《ささきくみこ》

CONTENTS

ブルーブラッド

ブルーブラッド

私《わたし》が生まれた国は、とても小さな国だった。

国土の半分が砂漠で、海に面していることが大きな財産だった。何もなくても、貿易港として外貨を稼ぐことができたからだ。

そのせいで、昔から外国人に対して寛容だった。

周辺諸国には石油があるが、私達《たち》の国にはなかった。

だがそこにないというのではない。掘り出せなかったのだ。

理由は、周囲の国よりも石油の埋蔵箇所が深かったからだ。

採掘の技術が向上し、やっと掘り出せるようになって、初めて金を手に入れた。

石油が出るようになると、元々整備していた港は大変有意義で、その政策を行った王は当時すでに亡くなっていたが、賢王、偉大なる王と呼ばれた。

国が豊かになっても、王族はその豊かさを独占はしなかった。

独占しても余りある金が手に入ったというのもあるが、王家は国民を全《すべ》て家族として扱っていたからだ。

病院、学校、空港、ホテル。先進国にあるものは全て国の金で作られ、近代的な都市が作られた。

だが一歩街を出るとそこに広がるのは砂漠。

人々は昔ながらの民族衣装を身に纏《まと》い、車など役に立たず、馬や駱駝《ラクダ》が走る。

ここは過去と未来が混在する国。

伝統と革新がせめぎ合う場所。

私の家庭教師は、そう私に教えた。

だから、私は英雄であれと。

人のやらない新しいことを行い、人が忘れそうになる古きことを実践するべきだと。

何故《なぜ》なら、イウサール・マハディ・アフマドは、この国の王の息子なのだから。いつか国を背負って立つのだから。

小さな頃《ころ》から、そう教えられて生きてきた。

いや、小さな頃は、だ。

実際私の父は国王であり、母は正妃ではあるのだが、王子としては七番目、母の子の男児としても三番目なので、国を背負って立つということはないだろう。

物心ついた時にお前は王子だと言われ、特別とされながらも、すぐにその順番が低いのだと気づいた時には少なからずショックだった。

大切にはされていた。

母は、一番最初の男の子を生まれてすぐに亡くしていた。

母は、王である父の妻になるために子供の頃から教育され、その通り妃《きさき》として迎えられ、すぐに男の子を産んだ。

だがその子供はすぐに亡くなってしまったのだ。

しかもその時、どうやら父は外に女性を作っていたらしい。

もしもその女性が第二夫人として迎えられたのなら、諦《あきら》めもついただろう。

けれど、父はその女性の存在すら秘密とした。

正しく国民に紹介できない女性との恋。相手は他《ほか》の男の妻なのか、年端もいかない子供なのか、何か禁忌を犯した犯罪者なのか、私は知らない。

母はうっすらと気づいていたようだが、子供である私には存在すら語ったこともない。

その女性のことを教えてくれたのは女官達の噂《うわさ》話だ。

彼女達によると、母は自分の子供を亡くした悲しみの中で、相手の女性に男児が産まれたことを知ったらしい。

母の子供が亡くなれば、その子供が父の長子となる。

妻にも迎えられない女の子供が長子。そんなこと認められるわけがない。だがもしその女の子供が父の子供であると言って現れたら、その子が次の国王となるかも知れない。

認めなくても、今はＤＮＡ検査というものがある。

そこで意地のように兄を産んだのだ。その子供が現れる前に、国中に認められる王の子を。

そして兄には最高の教育をほどこしていた。

とはいえ、自分がないがしろにされたわけではない。

最初の子供を亡くしたせいで、母は子供達にはこの上ない愛情を注いでくれた。教育もしっかりとされたし、健康は特に気を遣ってくれた。

第二夫人、第三夫人の子供達にも、父が正式に妻として迎えた女性の子供には優しかった。

正直、その女がいなければそうはならなかったかも知れない。

私は小さな頃は離宮で乳母に育てられ、ある程度の歳《とし》になってから王宮に呼ばれた。

離宮ではただ一人の王子だったのに、王宮では七番目の王子として扱われ、頭を下げなければならない相手が増えたのは、納得がいかなかった。

けれど不満を口にしてはいけないこともわかっていた。

私はそれが許される立場ではない。

今でこそこの状況を受け入れてはいるが、ローティーンの頃には複雑な感情を持て余していた。

そんな時に出会ったのが、八重柏《やえがしわ》海里《かいり》だ。

八重柏は、王宮の敷地に新たに造られる離宮のために呼ばれた者達の中にいた。

歓迎のパーティの席で紹介された一団の中にいた彼は、私にとって異質な人間だった。

それまで、外国の人間に会ったことがなかったわけではない。街へ出ることもあったし、同じようにパーティに出席し、挨拶《あいさつ》をされることも多かったので。

だが彼は今まで出会ったどの外国人とも違っていた。

国の人間より白い肌。それは欧米人でも同じなのだが、彼等《ら》の不健康なほど真っ白で、実は色の薄い体毛に覆われているものとは違う。

微《かす》かに纏った色が、肌の下の血の色をほんのりと映していて、淡いグラデーションになっている。

体つきもそうだ。

兄や父や、宮廷にいる男達はもっと筋肉質だったが、彼はほっそりとしていた。かといって筋肉がないわけでもない。

後日、私は彼が大きな材木を軽々と肩に担いでいる姿も見た。

何より驚いたのは顔立ちだ。

今まで出会った日本人《にほんじん》は、大抵が眼鏡をかけていて、細い目を歪《ゆが》めるようにネズミのような前歯を見せて笑う男達だった。

だが八重柏は、ほんの少し唇の端を上げて微笑《ほほえ》むだけ。

肩につくほどの長い髪が似合う優しい顔立ち。

女性のように美しい男は何人か見た。

だが八重柏の顔には男としての引き締まったところもあり、穏やかさとシャープさの両方を持ち合わせているという感じだった。

とはいえ、パーティの時にはただ挨拶を交わす程度。

まだ十四歳だった私は、すぐに部屋へ戻された。

彼と直接言葉を交わしたのは、離宮の工事が行われている庭の片隅だった。

工事人の一人が工事の現場を覗《のぞ》きに来た私に材木を当てた。

一大工が王子に怪我《けが》をさせたとあっては大事だ。

「申し訳ありません」

大工は惨めなほど小さくなり、地にひれ伏して許しを乞《こ》うた。

材木が当たったのは足。

痛みは酷《ひど》かった。多分痣《あざ》になっているだろう。

だが私は彼を責めなかった。

「いい、行け」

「しかし」

「いいから行け。仕事をサボるな」

振り向かず、痛みを訴えることもせず、その場を離れる。

木立の陰を曲がり、人のいないところまで歩いてゆき、東屋《あずまや》の中、ベンチの上でようやく倒れ込めた。

「…ッ、くそ…ッ」

服の裾《すそ》をたくしあげると、思った通り左の足の太腿《ふともも》は赤黒く変色している。

「ああ、酷いな」

誰《だれ》もいないと思ったのに、突然降った声に驚いて振り向く。

そこに八重柏がいた。

「…何か用か」

顔は覚えていたので、足を隠して背を伸ばす。

「隠さなくていいよ。当たったところから見ていた」

「…これはあの男のせいではない」

八重柏はその言葉を聞いて、にっこりと笑った。

パーティの時には見せなかった笑顔だ。

「だとしても怪我の手当はしておいた方がいい。もし王子が許してくださるのなら、私に手当をさせていただけますか？」

彼は流暢《りゅうちょう》なアラビア語で言った。

「手当など必要ない」

「ですが、悪化すればその原因を問われるでしょう。怪我の原因を隠し通せなくなりますよ？」

「…う」

「少し待っていていただければ、誰にも内緒で救急箱を持ってきましょう」

彼の言う通りだ。

この痛みを何もせず放置していれば、騒ぎになるだろう。原因がわかればあの男が呼ばれるだろうし、黙っていれば粗忽《そこつ》な自分が責められる。

「…わかった。待とう」

「ではお待ちを」

八重柏は軽く頭を下げると、姿を消し、すぐに救急箱を持って戻ってきた。

「さ、足を」

と言われて服の裾を捲《めく》る。

細い指が薬を取り、そっと痣の上に塗り広げる。

「よく我慢なさいましたね」

冷たい薬とくすぐったい彼の指の動き。

「あそこで騒げば、あの男はきっと罪を問われたでしょう」

「大工は仕事をしている。わざとではない限り仕事を中断させる必要はない。それに彼が職を失えばあの男の家族が困る」

「賢明です」

「王子として当然のことだ」

「当然と思いながらそれができない者は多くいます」

「それはその者が愚かだからだ。愚かな者と比べられても嬉《うれ》しくはない」

「これは失礼を」

八重柏は手際よく薬を塗り終えると、包帯を取り出した。

「それはいい」

「ですが、布に擦《こす》れて痛みますよ？」

「そんなものを巻くほどの傷ではない。大袈裟《おおげさ》にするな」

止めたのに、彼は私の言うことを聞かず、足を押さえると包帯を巻き始めた。

「いらないと言っただろう」

「この怪我は、私のためにしたことにしましょう」

「何？」

「私が転びそうになったのを助けて付いたものにしましょう。他人を助けて付いたものならば、名誉の負傷です」

「嘘《うそ》はつきたくない」

「人を守るための嘘は沈黙と同じです。卑怯《ひきょう》なことではありません。私はあなたの怪我が酷くなることを心配しています。我慢強い方は自身の怪我を軽くみる。それは危険なことです」

「危険などない」

「いいえ。この怪我を隠して何かをしろと言われ、それで失敗したらどうなります？　お父様達《とうさま》には私から説明しましょう。お願いします」

「…お前がそうしたいのか？」

「はい。私の願いを叶《かな》えてください」

子供心にも、それが彼の優しさからくる詭弁《きべん》であることはわかった。

この痛みを持ったまま何事もなかったかのように過ごすのは難しいだろうというのも。

「わかった。ではお前の望みを叶えてやろう」

「ありがとうございます」

くるくると器用に包帯を巻く手が、女性のようでありながら女性ではない骨張ったもので、妙な感覚だった。

「お前は大工にしては、細いな」

「大工？　私ですか？」

「…違うのか？　離宮を造る日本人達の中にいたが…」

「私は教師です」

「教師？」

「今回マハディ様からご依頼があったのは、日本の古い屋敷を模したものです。一緒に来た者の中には宮大工もいます」

「宮大工？」

「日本の古い建築物を手掛ける特殊な大工です。私は大学でそういった古い建築物のデザインを教えています。なかなか面白《おもしろ》いですよ。もしよろしかったら一度建築現場を見にいらっしゃるとよろしい。さ、できました。お御足《みあし》をしまってよろしいですよ」

言われるまでもなく、私はすぐに足をしまった。

大工かと思っていたから強い口調で話をしていたが、大学の教授となると、この話し方でよかっただろうか？

失礼に当たらないだろうか？

だが薬箱をしまう彼に、怒った様子は見られない。

「私はイウサールと言うが、あなたは？」

「私はヤエガシです。八重柏海里」

「では八重柏、この礼としてあなたの仕事を拝見に伺おう。今からでもいいか？」

「足は？　痛みませんか？」

「痛まない」

「わかりました。ではご一緒しましょう」

八重柏と見に行った工事の現場は、とても面白かった。

歩いていた場所からほど近く、山ほどの材木が置かれた場所で、木材だけを使って建物を作っていた。

「鉄が入らないと、建物が弱いんじゃないか？」

「そんなことはありませんよ。ちゃんと計算されてますから」

「でも長い木がなければつなぐわけだろう。つなぎあわせたものは弱い」

「それが日本の技術です。こうして切り込みを入れて、嚙《か》み合わせるんですよ」

元々そういうものに造詣があったわけではない。

ただ子供にとって、何かを作る作業というものが興味深かっただけだ。

彼は私に付き添い、どんな疑問にも丁寧に答えてくれた。

陽《ひ》が落ちる頃になると、一緒に宮殿まで付いてきて、出迎えにでた女官にこう言った。

「今日一日、殿下がご興味がおありだったので連れ回してしまいました。その際に私をかばってお怪我を」

「まあ、大丈夫ですか？」

「簡単な手当はさせていただきましたが、念のため医師にお診せください」

そのセリフを聞いた時、彼が『私をかばってお怪我を』という一言を裏付けるために、わざわざ人目につくように自分を連れ歩いたのではないかと思った。

だとしたら、とても頭のいい男だ。

「八重柏」

「はい」

「明日も工事現場へ行ってもいいか？」

「危険ですから、私や現場の者のいうことを聞くとお約束してくださるなら」

「約束しよう」

建築にも興味が湧《わ》いたが、何より八重柏に興味が湧いた。

翌日から、私は工事の現場を覗きに行き、彼に時間があれば相手をして貰《もら》った。もちろん、仕事の邪魔などはしない。私は私でお付きの者を従えての観覧だ。

ただ手隙《てすき》の時には、彼の方から近づいてきて、説明をくれた。

彼は博識で、共に時間を過ごすことは楽しかった。

休日にはお返しとばかりにこちらから遊びに誘い、馬に乗ったり、砂漠に出たり、プールで泳いだり、街へ出たり。

八重柏も私と一緒にいることを楽しんでいたと思う。

彼が自分の立場と関係ない人間だからか、その物腰が柔らかかったからか、いつしか私は彼に他の者には言えないようなことまで話すようになった。

八重柏は、美しかった。

共にいるうちに女性に感じるのとは違う美しさを感じた。

それは男性の彫像を見て美しいと感じるのに似ているが、それともまた違った。

彼の美しさは、男性的ではなく、かと言って女性的でもなく、一種独特のものだった。

猫科の獣のそれが一番似ているが、穏やかな彼はまたそれとも違う。

何々のような、と言い表せない魅力だった。

そしてその魅力に対する気持ちは、家族に向けるものとも、友人に向けるものとも、尊敬する師に向けるものとも違っていた。

強いて言うならば、独占欲に近かったと思う。

彼が自分以外の人間と親しくしていると、イライラしたし、仕事を優先すると腹が立った。もっとも、それを口にしてしまうほど子供ではないつもりだが。

その頃私は思春期だったので、性的なことにも興味を持つようになり、世に同性愛者がいることも知っていた。

だが同じ男を愛するということの意味はわからなかった。

実際女性を抱いた経験もあったので、何も生み出すものもなく、あんなゴツゴツした身体《からだ》に何を感じるのか。自分よりも弱く、柔らかい生き物の方がいいだろうと思っていたのだが、八重柏だけは別のような気がした。

彼ならば、その肌に触れてもいい。

彼が私の腕の中に収まり、他の人間を寄せ付けなくなってくれるのならば『恋』という言葉を使ってもいい。

けれど答えを出すにはまだ自分は幼すぎた。

男性を愛するということよりも、誰か一人に決めてしまうことに不安を感じていた。

もっといい者がいるかも知れない。やはり女性の方がいいと思うかも知れない。

離宮が建つまでの長い時間、どうせ彼は私の側《そば》にいてくれるのだ、それまでに決めればいいことだと思っていた。

だが、そうではなかった。

彼はあくまで研究のために同行していたのであって、建物の完成を待たずに日本へ戻ることになっていたのだ。

それを知らされた時、私は自分でも驚くほどショックだった。

だが自分ではそれを止める力がない。

思い余った私がしたことは、彼に愛情を告白することしか残されていなかった。

自分でいうのも何だが、立場というものを抜きにしても私は魅力的な男だと自負していた。アーモンド型の切れ上がったくっきりとした瞳《ひとみ》、この歳にしては精悍《せいかん》な顔立ちと大きな身体。

彼を手に入れるには十分な『男』だ。

なので、いつものように建築現場を見回った後、私は自信をもって最初に出会った東屋に彼を呼び出した。

石造りの東屋。

風が吹き抜ける午後。

「どうしたんです？」

長くこの国にいたせいで少し日に焼けた顔で、彼は微笑んだ。

「日本へ帰ると聞いた」

石のベンチに並んで座り静かに話す。

「ええ、週明けには」

「…どうしても帰らなければならないのか？」

「仕事がありますから」

「私はお前に行って欲しくない」

その言葉に、彼は困ったように目を細めた。

「この国で仕事を探せばいい。私から頼んでもいい」

「それは無理です」

「私にはその力がある」

「それはあなたの力ではない。あなたのお父様の力です。他人の力を振りかざすのはよいこととは思えません」

私ではなく父に力がある、とはっきり言われたのは初めてだった。

「私を愚弄《ぐろう》するな」

「愚弄しているわけではありません。お気に入りの玩具《がんぐ》のように私を扱ってはいけないと言っているだけです」

「それが愚弄しているというのだ。私は八重柏を玩具のように扱ったことはない」

「では何故私を手元に置こうと？　離れても友情は続きますよ？」

「友情ではないからだ」

私は座り直し、彼を正面から見られるように斜めに身体を向けた。

「お前と一緒に過ごした時間は楽しかった。お前はどうだ？」

「私もとても楽しかったです」

「その時間を続けたいだけだ。お前がいなくなるのは嫌だ」

手を伸ばし、その手を握る。

細く長い指は、強く握ると折れてしまいそうだった。

「殿下」

「お前が好きなんだ」

「私もです」

「では私のものになってくれ」

「ですから私は玩具では…」

「玩具などではない。私はお前に恋人になって欲しいと願っている。八重柏が好きなのだ」

彼はとても驚いた顔をした。けれど、握った手を引くようなことはなかった。

「真剣に言っている」

言えば届くと思っていた。

私に愛されることは喜びだろうと。

今まで私の側にいた彼から、仕事の上の付き合いだとか、子供をいなしているといった態度は見られなかった。

　愛情はなくとも好意はある。好意があるならば私の真剣な言葉を受け入れる、そう思っていた。

「もちろんすぐに身体を寄越《よこ》せというわけではない。私はまだ十四だし、男を相手にしたことはないから。だがそれを考えて、私の元へ残れと言っているのだ」

　八重柏は酷く驚いた顔をした。

　手の中の指が、初めて震えるほど。

「イウサール…」

　けれど不快感は見せなかった。

　一呼吸置き、いつもの微笑みを浮かべて諭すように口を開いただけだった。

「あなたが私を対等に扱ってその言葉をくれるのならば、私もあなたを対等に見て話をしよう」

　言葉遣いが変わる。

　だがそれを不快とは思わなかった。

　彼が他の者にどんなふうに話すのかを知れた、と思っただけだった。

「私もイウサールはとても好きだ。だが、あなたはまだ若い。これから出会う多くの人の前に私に決めるのは愚かなことだ」

「子供だから相手にしないと言うのか？」

「いいや子供だから信じられないと言うんだ」

「私は真剣だと言ったはずだ」

「真剣なのは信じる。イウサールの言葉は疑わない。だが、子供の言葉は信用しない。結果を出すには未成熟だから。十のうち、三しか知らない者が十を真剣に語っても、信じられないと言うだけだ」

「やはり私を信じてないのだな？」

「大人になりなさい。もしイウサールがもっと多くの人を知って、人を愛するということの意味と、自分の立場を理解したら」

「理解している。私は王子だ」

「他人の言葉を遮るのは大人ではない」

「う…」

ピシリと言われて私は口を閉じた。

怒らせたかと思ったが、そうではなかった。

彼は再び笑みを浮かべ、言葉を続けた。

「もし大人になっても、あなたが私を好きだと思ったら、もう一度私のところへおいで」

「私が？　お前のところに？」

「追いかけるほどの気持ちを大人になっても持っていられたら、この告白の返事をあげよう。私は忘れずにその時を待つ」

「言い訳だ」

「言い訳じゃない。これは約束だ」

「約束？」

「私は今の言葉をしっかりと聞いた。だがその返事をすることを今暫《しばら》く待つ。あなたの心が変わらないのなら、もう一度必ずその言葉を聞く。そしてきちんと答えると約束する」

「何故今ではいけない？」

「一つには、あなたが子供だから。もう一つは、今の私はあなたの父上に呼ばれてここへ来ている。その立場で王子の寵愛《ちょうあい》を受けてもあなたも信じられないだろう。私も父君に申し訳が立たない」

前半は納得しかねたが、後半はわからないでもなかった。

確かに、彼が父の客人だから、私の相手をしたと知ったら責めを負う可能性はある。息子である私の機嫌を損ねたくないと思って色よい返事をすることもあるのかも知れないということは、八重柏にはあり得ないが。

「私への愛情が揺るぎないものならば、多少の時間を置いてもかまわないだろう？　それとも、時間と共にうつろう愛情だと？」

「そんなことはない！」

「ではもう一度、大人になってから同じことを言ってくれ。私は待つ」

そう言われてしまうと、もう何も言えなかった。

「…本当に待つのだな？」

「ああ」

「わかった。私は必ずもう一度お前に言う。時間などで変わることのない愛情で、お前をこの腕に抱いてみせる」

八重柏は微笑み、私の額にキスをした。

「ではこれは約束の徴《しるし》だ」

「キスは唇にするものだ」

不満げに言うと、彼は言い返した。

「唇へのキスは恋人にするものだ」

「では恋人になったらするぞ」

「どうぞ」

思えば、それが私の初恋だった。

異国のしなやかな男。

柳の枝のように捕らえ所なく、美しい男が。

言葉通り、週が明けると、彼は工事の一行を置いて一人日本へ帰ってしまった。

それでも、その時は行ったことのない国へ向かう飛行機の後を追うことなど、造作もないことだと信じていた。

王の子供である私にできないことはない。

待っていろ、すぐに大人になって、すぐにお前を手に入れてやると。

それが子供の考えだともわからずに…。


「イウサール様」

真っ白なシーツの上、惜しみ無く注がれる朝の光。

召し使いに声をかけられても、その光が眩《まぶ》しすぎて目が開かない。

寝返りを打った私の横では、慌ててベッドから降りてゆく女の気配があったが、昨夜満足してしまったのでもうその裸体を見たいと思うこともなかった。

「もう少し寝かせろ。朝食は遅くていい」

億劫《おっくう》そうに言ったのだが、次の一言で私は意識を覚醒《かくせい》させた。

「マージド様がお戻りですよ」

「叔父上が？」

バネ仕掛けの人形のように跳び起きてベッドを包んでいたシーツを払いのけると、ベッドの大きさに見合った広大な部屋。

その床に膝《ひざ》を付いて、召し使いが私の言葉を待っていた。

「本当か?」

「はい、今朝一番の飛行機でお戻りになりました。ただ今マハディ殿下とお話中です。イウサール様がお話があると伝えておきました」

「よくやった。すぐに着替える。朝食がまだなら朝食を、お済みだったらコーヒーをご一緒する。席を作っておけ」

「かしこまりました」

全裸のままベッドを降り、傍らで身支度を整えている女に「もういい、下がれ」と命じて着替えの間に向かう。

子供の頃には着替え一つにもお付きの者が付いて回ったが、今はもうそんなこともない。

正式な民族衣装であろうと、スーツであろうと、自由に自分で選び着ることができる。

ズラリと並んだ服の中から新しく作らせたスーツを取り出し、袖《そで》を通しながら心は踊っていた。

叔父上がお戻りになるのを、ずっと待っていたのだ。

マージド叔父は父の弟で、今回新たに会社を作るために日本へ渡っていたのだ。

日本。

八重柏のいる日本に。

石造りの東屋で彼に告白をしてから、もう六年の月日が過ぎていた。

その間に私は成長し、あの頃よりも背も高く、筋肉を纏い、より男らしくなった。顔立ちも、父に似て鷹のような鋭さを得た。

人と肌を重ねる経験も数多くしてきた。

どこから見ても立派な男で、もう子供扱いする者などいないだろう。

だが、日本へ行くことだけが叶わなかったのだ。

ハイスクールを卒業した時に一年間海外へ留学することになった時、それがチャンスだと思った。

これで日本へ行き、彼に会えると。

だが、母が日本をあまり好きではなかったことと、父が私の遊学先をアメリカに決めてしまったことでそのチャンスは失った。

どれほど願おうと、父の命令は絶対なのだ。

何でもできると思っていた王子としての立場が、私の望みを邪魔した。一般の子供ならば、親の意見を無視して飛び出すこともできただろうが、私にそれは許されない。

私の行動は全て国民の知るところとなるのだから、人の規範となるべき王子が好き勝手なことをしてはならない。目的のない行動は謹め、と言われてしまった。

では一人で遊びに行くと言ったのだが、成人もしていない子供を一人で国外に出せるわけがないだろうと怒られた。

自分の気持ちだけで行動することができないと思い知った私は、日本に行く正式な理由を作らなければならないと思い、真剣に日本の建築について勉強を始めた。

私が離宮の工事現場に足しげく通っていたことは知られていたので、周囲はそれを純粋な興味として受け取った。

そこへ持ち上がったのがマージド叔父が日本で会社を作るという話だ。

もし叔父が向こうへ住むことになったとしたら、私の受け入れ先が出来る。

叔父のところへ同居しなくても、同じ国に叔父が住んでいるのならば、両親も反対する理由はないだろう。

だから、私は叔父が会社だけ作って本国へ戻るか、それとももう一度向こうへ渡るかを気に掛けていたのだ。

スーツに着替えた私は、用意させた部屋でその叔父を待った。

庭に面する大理石の床の明るい部屋。外の空気を入れるために開け放した窓。

先月買ったばかりのカーフのソファに身を沈め召し使いを下げて一人コーヒーを飲んでいると、暫くして叔父が姿を現した。

「イウサール」

自分もいい男に育ったと思うが、そんな自分が単なる若造に見えてしまうほど堂々としたスーツ姿の叔父が満面の笑顔で私の名を呼ぶ。

立ち上がって敬意を示すと、まず叔父と抱擁した。

「叔父さん。お帰りなさい」

私はこの叔父がとても好きだった。

まだ若く、旧体制に縛られずに行動するアクティヴな叔父は、憧《あこが》れの対象なのだ。

「座りなさい。私に話だって？」

「ええ」

「お土産ならスドゥキーに渡してあるぞ」

「もうそんな歳じゃありませんよ。それより、お願いがあるんです」

「お願い？」

召し使いは下がらせていたので、自分でコーヒーを淹《い》れて差し出す。

「日本へはまた行かれるのですか？　それとも、向こうで人を雇われたんですか？」

「もう一度行く。会社は私が運営することに決めた」

それはよかった。

「それがお前のお願いに関係があるのか？」

「はい。実は、日本に行きたいんです」

「日本に？」

「ご存じでしょう？　私が日本の建築に興味があるのを」

「うむ。古い建築に興味があるんだったな」

「はい」

私の日本びいきは有名だったので、もちろん叔父も知っていた。

「ただ日本に行きたいというだけでは認められないだろう」

「そうなんです。遊びに行くわけではないのに」

「目的があるのか？」

「ちゃんと下調べはしています。北洋《ほくよう》大学のデザイン工学部が有名なので、そちらに留学したいと思っています」

もちろん、そこが八重柏が籍を置く大学だ。

「北洋大学では、建築デザインが有名なのです。それに、覚えていらっしゃいますか？　以前西の離宮を建てた時に付いてきた大学教授を」

「よくは覚えてないが、お前が案内を頼んでいた若い男だな？」

「ええ。彼のところにホームステイしたいんです」

「ホームステイ？」

「あの教授なら、アラビア語も英語も堪能《たんのう》なのはわかっていますし、私の学びたいことを専攻している方ですから」

「連絡は取っているのか？」

そこが問題だった。

彼が去った後、私は自分の大きな失態に気づいたのだ。彼の連絡先を訊《き》く、ということを怠ってしまったことに。

「いいえ。でも北洋大学の八重柏海里教授だということはわかっています。ですから、叔父さんに話を通していただきたいのです」

「私に?」

「ダメでしょうか?」

叔父上は考えるように目線を外し、髭《ひげ》を蓄えた顎《あご》を撫《な》で摩《さす》った。

「まあ、可愛《かわい》い甥《おい》っ子のためだ。話をしてみることはかまわんが、断られる可能性もあるぞ。国内ではお前の望みは叶わないことの方が少ないが、国外ではそうはいかん。特に相手のあることはな」

「わかっています。もし教授がお断りになったら、この話は諦めます」

と言うか、この恋も諦めようと思っていた。

私ももう二十歳。

物事を甘く考える歳ではなくなった。

あの時、どんなに親しくなっても、大人になったらちゃんと告白を受け直して答えをしようと言われていても、六年という月日が短いものだとは思わない。

自分ですら、何度も彼を忘れてしまうのではないかと思ったことがあったのだ。私を愛していると言ったわけではない相手が覚えていてくれているかどうか…。

だから、彼の気持ちを確かめたかった。

叔父上から、私のホームステイを申し込まれて受け入れてくれるのならば、まだ可能性はあるだろう。だが、もし困ると言われ、断られたら、それは全て終わったことなのだ。

彼は私を忘れたか、あの告白を蒸し返して欲しくないということだろう。

そうなったら、私も彼を忘れる努力をしよう、日本に行くことも諦めよう、と心に決めていた。

「…わかった。まあいいだろう。お前がそこまで言うなら、教授の方には話をしてみよう。だが兄上には…」

「父には私が話します」

「日本に来たら、甘やかすことはできないぞ?」

「私をいくつだと思ってるんです?　甘やかされたいとは思ってませんよ」

「それならばいいだろう。結果が出たらすぐに教えよう」

「はい」

やった。

叔父上のOKさえ取れれば、後は何とかなるはずだ。

「だが、イウサール。私は今自分の問題を一つ抱えていてな」

「問題、ですか?」

「お前のことは、それが片付いてからということになる」

「もちろん、お待ちしていますよ。なるべく早くとは思いますが、叔父上の用事が優先ですからね」

その時、大きく開け放ったままのバルコニーからは、丁度いい風が吹き込んできた。

薄いレースのカーテンが大きく膨らむ。

その向こうに、八重柏が立っているような気がした。

もう少し。

もう少しで現実の彼に手が届く。

「どうした？　笑って」

「いえ、行く前に色々するべきことがあるな、と思っただけです」

「行けると決まったわけじゃないぞ？」

「それでもですよ」

きっと全て上手《うま》くいく。

私がこれだけ長く望んだことなのだから、叶わないはずがないのだから。


叔父の了解を得てから、返事を待つ時間は長かった。

これまでも長く待ちはしたのだが、ゴールが見えてからの待機と、漠然とした時の待機とでは時間の流れが全然違う。

叔父上と話をした時には、答えがすぐ出るものだと思っていた。

だが、意外なほど返事が出るまで長かったのだ。

兄上から聞いた話だと、どうやら叔父上は向こうに家を構え、現地の秘書と同居することになり、その用意に手間がかかっているらしい。

「はっきりとしたことはわからないが、その秘書が叔父さんの恋人らしいぞ」

意外だった。

叔父は遊び人というわけではないが、相手にことかかない人だった。

本国でも、有力部族の娘で、叔父の妻の座を狙《ねら》っていた女性は多かったはずだ。

なのに日本人の女性を選ぶとは。

まあ、自分も並み居る遊び相手を捨てて日本人の男性を恋人にしようというのだから、人のことは言えないが。

…本当は、少しだけ不安があった。

自分は夢を見過ぎているのかも知れない。

八重柏は自分のことなど忘れているかも知れない。

彼のあの時の優しさは、単にクライアントの息子、王族の子供に対する接待でしかなく、本当はこれっぽっちも私のことなど好きではなかったかも知れない。

自分は彼には下心などないと信じていたが、実際は自分に取り入るための芝居だったのかも。

そして何より、自分が美しい男と思っていた八重柏が、実際に会ったらどこにでもいるような男でしかないかも、と。

まあ、最後の心配は、現実になったなら勉強だけして帰国すればいいだけなのだが。

マージド叔父が私の監視をするのならば、ということで勝ち取った父の許可が出ても、叔父上からの連絡はなかった。

イライラとして日々を待ち、ようやくその知らせが届いた時には、小躍りしたい気分だった。

「八重柏教授にホームステイの許可を取ったから、日本へおいで」

父上は、真面目《まじめ》に勉強するようにとおっしゃった。

母上からは、日本人はあまり好きではないようだが、日本の芸術は美しいからよく学ぶようにとお言葉を賜った。

兄上や弟妹達からは、変わっていると言われたが、とにかくこれで私は晴れて日本へ行けるのだ。

荷物を纏め、日本への直通便がないのでチャーター機で向かう長い時間。

窓の外に広がる雲海を眺めながら、私は期待に胸を膨らませていた。

日本語はもうペラペラだし、日本の文化もよく学んだ。

サムライはいないし、高層ビルが立ち並ぶ国だと知っている。向こうには叔父上と、叔父に付き添って同行した同国人もいる。

見知らぬ異国へゆくという不安は微塵《みじん》もなかった。

私の胸に残る不安はただ一つ、恋に対するものだけだった。

飛行機を降り、通関手続きを済ませると、叔父の寄越した迎えの車が私を待っていた。

「イウサール殿下」

何度も顔を合わせた叔父の部下が全てを手配してくれた。

「やぁ、トゥウマ。久しぶりだな。殿下はよせ」

荷物を積み込み、警備の者と共に車に乗り込む。

「日本語、タイヘン、お上手ですね」

「お前は少し訛《なま》ってるぞ」

「ただ今、勉強中デス」

「私も勉強に来た。一緒だな」

トゥウマはわきまえがあるので、肯定も否定もせずにっこりと笑った。

日本に来る前、叔父上に言われていたのだ。

日本に来たら『殿下』ではなくなることを覚悟しなさい、と。

叔父の来日目的は、国の命を受けた会社展開だからマージド殿下として扱われる。だが私の来日目的は勉学に勤《いそ》しむためなので、その肩書は不必要だと。

もちろん、そんなことはわかっていた。

アメリカに行った時だって、同じようにしていたのだ。

だが叔父はそれを知らないから、殊更に注意したのだろう。

主要空港に到着したはずなのに随分と長い間車で移動させられ、ようやく高層ビルの立ち並ぶ地域へ入る。

今夜はまず叔父と、叔父の秘書との顔合わせでホテルに一泊することになっていた。

噂の日本人女性とのご対面だ。

「トゥウマは叔父さんの秘書とは親しいのか？」

「白鳥《しらとり》様ですか？　はい、存じております」

「どんな感じの女性だ？」

私の質問に、彼は少し困った顔をした。

「どうした？　あまりいい女ではないのか？」

「いえ、とてもいい方です。ただ、女性ではなく、男性です」

「男？　ああ、それは失礼な言い方をした。てっきり女性だとばかり思っていた」

男性か。

では恋人かも知れないと言うのは、間違った情報だったのだな。

…それともまさか。

疑念は湧いたが、それ以上は質問しなかった。

間違った推測ならば、叔父を愚弄することになるかも知れないし、どうせ会えばわかることだ。

そうこうしている間にも車は目的のホテルへ到着し、叔父上との再会となった。

「卓也《たくや》、私の甥のイウサールだ。イウサール、彼は私の秘書の白鳥卓也だ」

「初めまして、イウサール」

紹介された秘書は、物腰のやわらかそうな男性だった。

きっちりとして、なかなか有能そうだ。

だが私を呼び捨てにするとは…。

「初めまして、白鳥」

だからこちらも呼び捨てたのだが、途端に叔父は不快そうな顔をした。

「イウサール、日本では目上の人に対して『さん』と敬称を付けるのだ」

「私は呼び捨てにされました」

叱《しか》られて異を唱えたが、叔父は聞き入れなかった。

「当然だ。お前は子供なのだから」

「私はもう二十歳です」

「それでも卓也よりは年下だ。言っただろう、お前はここに学びに来たのであって、王子として扱われるために来たわけではないと」

「…はい」

「ここではお前を殿下と呼ぶのは我が社の社員、しかも本国から連れて来た者だけだ。それ以外の者には呼び捨てにされると思っておけ」

「はい」

それだけでも不満だったのだが、白鳥の言葉は更に私を逆撫でした。

「イウサール、あなたの荷物の大半は、送り返させていただくことにしました」

「何故？」

「多すぎるからです」

「多すぎる？　大したものは持ってきていないぞ」

「ではその感覚を変えてください。あなたはこれから一般の方の家にホームステイすることになる。多すぎる荷物は相手のお宅の負担になります」

叔父に『そんなことをさせるのですか』という視線を向けたのだが、叔父は全面的に彼の味方のようだった。

「必要なものは私が選別しておきました。荷物は暫く留《とど》めておきますから、もし足りない場合は私に言ってください」

叔父がそれを望むのならば、『いい子』でいるしかない。

この男に下げる頭はないが、叔父上には敬意を払うべきだから。

「…わかりました」

「明日には八重柏さんのお宅へ参ります。本日はゆっくりとお休みください。社長、私は先に失礼いたします」

「ああ。私もすぐに戻る」

顔立ちは優しげだが、この秘書はどうやらかなりの堅物のようだ。

これが叔父の恋人のわけがない。やはり間違った情報だったのだな。

白鳥は私に深く頭を下げると、そのまま出て行った。

二人きりになったので、私は叔父上に不満をぶつけた。もちろん、ストレートにではないが。

「叔父上は、私が彼に礼儀を尽くした方がいいと思うのですね？」

「白鳥にか？　そうだな。日本で学生として生活するならば、お前は謙虚という言葉を知らなくてはならない」

「王の子供である私に謙虚を求めるのですか？」

私の不満は感じてくれただろうに、態度は変わらない。

「学生ならば当然だ。八重柏さんにも、そのように扱うように言ってある」

その名前が出た途端、胸の奥がざわついた。

少しずつ、少しずつ、近づいている手応《てごた》えのようで。

「八重柏…さんは、私を覚えていましたか？」

「ああ。よく覚えているとおっしゃってたよ」

忘れてはいなかった。そのことだけでも嬉しい。

だが安堵《あんど》はできなかった。私という存在を覚えていただけで、私に対する思慕があるとは限らないからだ。

浮かれてはいけない。

「それはよかった。忘れられていては悲しいですからね」

「これが大学のカリキュラムだ。よく目を通しておきなさい」

「資料なら、先に送ってもらいましたよ。もちろん、ちゃんと目は通しています」

「そうか。…イウサール。私はお前に二つのことを命じる」

「はい？」

「一つは学生として謙虚になれということだ。たとえ相手がどのような人物であろうとも、敬意を持って対処しなさい。そしてもう一つはどこにいても、何をしていても、自分が王の子供であることを忘れず、自分の行動に責任を持てということだ」

叔父の眼差《まなざ》しはきついものだった。

ソファに身を沈め、ゆったりとした態度ではあるが、真剣な命ということだろう。

「もちろんです。仰せに従います」

となれば従うだけだ。

「よろしい。では夕食を共にどうだ？　日本の料理を食べてみたいだろう？　白鳥がよいところを見つけて予約してくれた。暫くは学生として質素な生活になるだろうから、今晩はゆっくりしよう」

「最後の晩餐《ばんさん》ですか?」

「時々は息抜きに誘ってあげるよ」

にっこりと笑った顔は、いつもの優しい叔父の顔だった。


八重柏がまだ国に滞在している時、彼もまた私が好きなんじゃないかと思ったことがあった。

優しく接してくれているというだけではなく、特別に好意を抱いているのではないかと。

忘れもしない夜のプール。

昼間、友人に水泳の授業で負けた私は、誰にも見られぬようこっそりと練習をしていた。

泳げなかったわけではない。泳ぎぐらい、子供の頃に覚えさせられていた。

だが、その日の授業は潜水だった。

息継ぎをしないまま何メートル泳げるかという競争で、私は一つ下の友人、ガーリブに負けた。

悔しかった。

悔しかったから、文句を言わなかった。彼に「すごいな」と笑って言ってやった。

けれどそのままで終わりにするつもりなどないので、ずっと泳いでいた。

いい加減疲れてプールサイドに上がった時、八重柏がタオルを持って現れたのだ。

「お疲れさま」

「…見ていたのか」

「少し泳ごうと思ったら先客がいたので」

「そういう時は部屋に下がるものだ」

「終わったら、一緒にお茶でもしようと思ったんですよ」

「お茶などないじゃないか」

「何時《いつ》終わるかわからないので、用意はしませんでした。今から奥へ行きますか？」

「…もう少ししてからなら」

正直、ヘトヘトで動く気になれなかった。

プールに足を浸けたまま、彼の掛けてくれたタオルの軟らかい温かさにほっと力を抜き、息を整えることで精一杯だった。

その私の顎を取って、彼は顔を覗き込んだ。

「唇が紫色になっている」

建物からの光が彼の顔を白く浮かび上がらせる。口づけができるほどの距離だ、と思った。

「大丈夫だ」

だが子供扱いで心配されたのだとわかるから、その手を払ってそっぽを向いた。

「一体、何時から泳いでいたんですか？」

「八重柏が見る一分前だ」

「私が何時来たのか知らないくせに」

彼は私と並ぶようにプールサイドに腰を下ろした。

泳ぎに来たというのは本当だろう。彼はバスローブ一枚しか身につけていなかった。下に水着はつけているだろうが、見えないから裸にそれ一枚を纏ってるみたいだ。

「どうしてあんなに潜水ばかりしていたんです？」

彼はプールに足を入れず、膝を抱えてしゃがんでいた。

「…負けたからだ」

「負けた？」

疲れていたから、相手が八重柏だったから、私はポツポツと本音を漏らした。

「今日の授業で潜水の競争をして負けたのだ。だから、練習していた」

「負けるのが悔しいほど、潜水が得意だったんですか？」

「別に。泳ぎなど泳げればいい」

「だったら…」

「だが勝負に負けるのは腹立たしい」

空には月があった。

だが俯《うつむ》いていた私の目には、プールの水面に映る、歪《いびつ》な月の影しか見えなかった。

「それで練習して再戦を挑むんですか？」

「違う。相手がもう一度申し込むのを待つ。さもなければ、偶然そういう競争があるまで待つ」

「でもそれでは何時になるかわからないじゃないですか」

「バカだな。自分から勝負を挑んだら、負けたのが悔しくて必死に練習してきたと思われるじゃないか。偶然もう一度勝負があって、その時に余裕で勝つ。そうすれば前回悔しがらなかったのは、体調が悪いとか理由があったからだったのだと思われるだろう？」

「悔しがらなかったんですか？」

「彼等の前ではな」

「本当は？」

「悔しかったに決まってる」

と答えると、彼は笑った。

「何がおかしい」

「おかしいのではありません。ご立派だと思っただけです」

「だが笑ったではないか」

「日本人はよく笑うものなんです」

この時はまだ、私より八重柏の方が背が高かった。

だから、彼が私に手を回すと、肩を抱かれるような形になってしまった。

「私は、あなたが自尊心だけが強い子供だと思っていました」

「私は子供ではない」

子供扱いされるのはシャクだったが、彼の腕が温かかったので、そのままにさせた。

「私から見ればまだ子供です。ですが、自尊心が強いだけの子供ではない。あなたは負けることの悔しさと、そのためにする努力を知っている。そして、それを他人にひけらかすことをしない。そういう意味では立派な男だと思います」

「褒めてるのか？」

私は水面の月から彼へ目を戻した。

「褒めている、というよりも見る目が変わりました」

八重柏の目はいつもより鋭く、彼が自分よりも随分と大人の男であることを思い出させた。

いつもならば、優しい人という印象だけの瞳だったのに。

「褒めていないのか？」

「どちらかと問われるなら、褒めています。あなたが立派な男であると知って、心惹《ひ》かれます」

心惹かれる、という意味がどういう意味を持つのか、考えなかった。立派な男と言われただけで、嬉しかったから。

「あなたには青い血が流れている」

「…？　私の血は赤いぞ？」

「私もさして詳しいわけではないですが、西洋《せいよう》では、高貴な血が流れている、というのをそう言うんですよ。ブルーブラッド、崇高な者の証《あかし》です。けれど、冷酷という意味もあるようです」

「私が冷酷だと？」

「いいえ。そういう言葉がある、というだけです。イウサール様は、ただ自分が負けたということが許せないわけではないでしょう？　あなたは負ける自分が許せない。だからこうして練習をするが、相手の鼻を明かしたいとは思っていない」

「思ってるぞ。勝って終わりにしたい」

「だが勝負は挑まない。あなたは、美しい形を望んでいる。醜い勝利のためにしている努力ではない。私は美しいものは好きです」

「私が美しいか？」

「行動に美学があります。だから、あなたと私は違うものなのだと思ったのです。私はどこにでもいる平凡な男だが、あなたは高貴な血を持っている、と。その高貴さが、好きです」

「好きと言われて悪い気はしないが、今夜の八重柏の言うことはわからん。いつもはもっとわかりやすく説明してくれるのに」

「では、ご自分で考えてごらんなさい。たまにはそういうのもいいでしょう？」

肩に置かれた彼の腕が、ぐいっと私の身体を引き寄せた。

額に熱いほどの唇を感じる。

「ああ、ほら。こんなに冷たくなっている。もうそろそろ中へ戻りましょう。殿下は私に付き合って
プール遊びをしたことにすればいい」

「お前は濡《ぬ》れていないじゃないか」

「濡れましょうか？」

するりと腕が外れたかと思うと、彼は身につけていたローブを脱ぎ捨てた。

均整の取れた裸体が、月の光に白く浮かぶ。

次の瞬間、それは飛沫《しぶき》を上げてプールに飛び込んだ。

「八重柏」

まるで人魚のように、彼が顔だけを出して笑う。

「向こうまで行って、戻ってきます。そうしたら一緒にお茶にしましょう」

綺麗《きれい》だった。

一瞬だけ焼き付けられた彼の白い身体が。

飛び込む前に触れてみればよかったと思うほどに。

あの時、彼は私を子供扱いしていなかったと思う。

私の行動の美学を、立派な男だと言ってくれたのだから。

体温を確かめるように額に当てられた唇も、キスだったのではないだろうか。

もう少し私が大人だったら、彼をそのまま自分の部屋へ連れて行っただろう。冷えた身体を温める

役を、彼に与えただろう。

けれど、やはりまだ私は子供だったので、彼の裸体に騒いだ胸を認めることができなかった。

綺麗な抜き手で泳ぐ姿を、ただ見ているだけしかできなかった。


終《つい》に八重柏に会える、と思ったからか、懐かしい夢を見て目を覚ました。

会えない時間が彼の姿を美化しているのかも知れないが、記憶の中の八重柏はやはりそこらの女達よりも美しかった。

現実の彼も、まだ同じ姿だろうか?

私は身支度を整え、叔父の迎えを待った。

だがやって来たのは叔父上ではなく、秘書の白鳥だった。

「社長はお仕事がありますので」

と言われてしまえば、文句はない。

「お荷物は既に八重柏邸に運んであります。必要と思われるものは全て揃《そろ》えましたが、何か足りないと思われた場合はご連絡ください」

秘書らしい事務的な物言い。

彼は優秀なのだろうな。顔も悪くはない。だが私の八重柏とは比べ物にならない程度だが。

「日本建築に造詣が深いそうですね」

「ああ」

「マージド社長もですが、日本語が堪能だったので驚きました」

「叔父上は六カ国語ぐらい喋《しゃべ》るだろう。私は英語とスペイン語が少しできる程度だ」

「それでも素晴《すば》らしいことです」

褒められることには慣れていた。

出自も、容姿も、頭の中身も。

だから彼の言葉に感慨はない。

ただ、日本人の彼が素晴らしいと言ってくれるのなら、八重柏も褒めてくれるだろうか？　と思った程度だった。

車は先に北洋大学の前を通った。

「こちらが明日から通われる大学です」

「大学にも顔を出さなければならないのか？」

「いいえ。ただご覧になりたいかと思いまして」

「明日になれば行く場所に、興味はない。寄り道はせずに八重柏の家へ向かってくれ」

「わかりました」

彼に敬意を表するように、と言われていたが、敬う理由がないのでぞんざいに答える。

だが彼は文句を言わなかった。

車はすぐに石塀に囲まれた屋敷の前で停《と》まった。

門柱には『八重柏』の名の書かれた板が貼《は》ってある。表札、というヤツだ。

「ここです」

「では降りてください」

らしくなく、緊張した。

六年間は長かった。

その長い時間が、何に、どのように作用しているのかを、やっと知ることができるのだ。

彼は私を覚えていた。だが愛を抱いてくれるだろうか？

私も彼を覚えている。だが、今の彼を愛せるだろうか？

私が大人の男に育ったということは、彼もまた歳を得たということになる。月の光に輝いていた身体は、もしかしたら醜く変化しているかも知れない。

会わずに、美しい思い出としてとっておいた方がよかったかも知れない。

けれどやはり、もう一度『会うか、会わないか』と訊かれたら、私は『会う』方をとってしまうだろう。

だから、うっすらと汗の浮かんだ手を握り、白鳥の後について屋敷に入った。

石塀の内側には広い緑の庭が続き、そこに背の低い木造の建物が隠れている。

「日本人は、最近は皆ビルに住んでいるのかと思っていた」

「皆というわけではありませんが、これほど立派なお宅に住んでいらっしゃる方は珍しいですね。ご本人は大学教授ですが、亡くなった親御さんは事業をなさってたようですよ」

「彼はいわゆる『いい家』の出だということか？」

「まあ、悪くはないでしょう」

そうか。

彼に感じた優美さは、やはり生まれということもあったのか。

私を特別だと言ったが、彼もまた特別な家系だったのではないか。

「失礼します」

横に引く格子の扉を開けると、薄暗い玄関に老女が現れた。

八重柏の母親だろうか？　にしては随分とお齢《とし》を召しているようだが…。

「先日お電話いたしました白鳥です。イウサール様をご案内して参りました」

「これは、これは、ようこそいらっしゃいました。旦那《だんな》様は奥でお待ちですよ」

「では、失礼いたします」

白鳥は靴を脱いであがり、私が同じようにするかどうか、振り向いて確認した。

このくらいのこと、ちゃんとわかっている。日本の家屋は土足厳禁なのだ。

私は自然な振る舞いで靴を脱ぎ、それをきちんと揃えてから彼に付き従った。

彼は、私を手の掛かる子供とでも思っているのだろうか。日本人も、二十歳を越えれば大人だと言われているはずなのに。

「さあ、どうぞ」

私の胸までもないような老女が先に立って、板で作られた廊下を進む。

「旦那様、王子様がお着きですよ」

と言って彼女が紙の扉を開けると、一気に光が溢《あふ》れた。

庭に面した窓を開け放っているから、木々の緑が絵画のように目に飛び込む。

その風景を片手に置いて、一人の男がソファに座っていた。

細い面差し、着物に身を包んだ髪の長い男が。

「いらっしゃい、白鳥さん」

八重柏だ。

「先日は失礼いたしました。お願いしておりましたイウサールさんを連れて参りました」

「イウサール」

彼の目が私に向く。

真っすぐな長い黒髪。エキゾチックな、鋭くも穏やかな黒い瞳。

ほっそりと伸びる腕、私よりもずっと白い肌。

一体何を心配していたのだろう。

彼は記憶の中の姿と寸分違《たが》わないではないか。

「…覚えていますか？」

立ったまま、思わず私は訊いた。

八重柏は昔と変わらぬ笑顔で、小さく頷《うなず》いた。

「もちろん、覚えてる。日本語で大丈夫なのかな？　ラバース、イウサール」

「ラバース・ハムドゥリッラー、八重柏。日本語で大丈夫です」

少年のように、胸がときめく。

私は彼を美化などしていなかった。ちゃんと彼のあるがままの姿を心に留めていた。

以前より少し男っぽく見える気がするが、気にするほどの違いではない。あの頃は日に焼け、髭を蓄えた男達の中にいたから、中性的に見えていただけだろう。

「白鳥。後は八重柏と直接話す。おま…、あなたは叔父のところへ戻っていい」

「呼び捨てにしてはいけませんよ」

白鳥は叔父のような注意をした。

「いや、いいですよ、白鳥さん。いまさら彼に八重柏『さん』と呼ばれるのも奇妙だ」

だが当の本人がこういうのだ、お前などが口を出すことではない。

「すみません、まだ日本の礼儀に慣れていないそうなので」

「尊大さが彼らしさだと知っているから、気にしないでください。さあ、座りなさいイウサール」

少し命令口調にも聞こえるセリフで着座を促される。

だが相手が八重柏だと思うと腹は立たなかった。

「ありがとう、白鳥さん。後は私が説明します」

「そうですか？　それではよろしくお願いいたします。イウサールさん、ここがあなたの本国ではないことを忘れないでください」

堅物め。

お前に言われるまでもないことだ。

「わかっています。私はちゃんと日本のことを学んできていますから、安心してください」

それでも、叔父の顔を立てて、私はにっこりと微笑んだ。

白鳥はまだ何か言いたそうな顔をしたが、私はもう彼を振り向かなかった。彼に示す誠意はここまでだ。

「…では、失礼いたします」

邪魔者が出て行くと、私はすぐに座っていたソファから身を乗り出した。

「叔父から、覚えてくれていたと聞いてとても嬉しかった」

「当然だ。あなたは簡単に忘れられるような人間じゃなかった」

「あなたは変わらないが、私は変わったでしょう？」

「随分」

「大人になったと思いませんか？」

彼は笑った。

「思うが、そう訊くところが子供っぽいかな」

「子供ですか？」

「いや、背も高くなったし、身体もしっかりしてきた。外見は十分大人の男です」

外見は、か。

「内面は？」

「それはこれから」

これからか…。

だが留学期間は最低でも一年、もしよい成果があれば延長してもいいということになっている。時間はまだまだあるだろう。

「先ほどあなたを案内してきたのは松沢《まつざわ》さんと言って、うちのお手伝いさんです。通いですから夜はいません。料理や洗濯は彼女がしてくれますが、私の父の代から世話になっている方なので、親切にしてください」

「家族同様というやつですね」

「そうだ。さ、ではあなたの部屋へ案内しよう」

立ち上がると、彼の身長は私よりも低かった。

「すっかり追い抜いてしまったな」

わざと肩を並べてそう言うと、八重柏は素直に認めた。

「これでも低い方ではないんだけどね」

背後から抱き締めたら、彼はきっと私の腕の中にすっぽりと収まるだろう。

まだ今はそんなことはしないが、いずれそうする日が待ち遠しい。

板張りの廊下を進み、奥へ向かうと、そこには広い部屋が整えられていた。

「お国の君の部屋と同じというわけにはいかないが、これでも少し手を入れたんだよ」

ラグで隠してはいるが、部屋の真ん中に敷居があるところを見ると、二つの部屋を繋《つな》いだのだろう。

壁には新しいクローゼットが置かれ、小さなテーブルもある。

畳の上に置かれたベッドは、奇妙な気がしないでもなかったが、これは彼の気遣いだろう。

「あなたが家具を用意することのないように、色々送ったんですが、さっきの白鳥に取り上げられてしまいました」

「ああ、知ってる」

「知ってる？」

「彼が採寸に来たからね。どうやら君が揃えた家具はこの家に大きいようだったので、引き取ってもらったんだ。日本の家は小さいから」

「それは…」

あれでも考えて選んだつもりだったのに…。

「服も多かったので、シーズンごとに入れ替えるようにしてもらった」

「…すみません。日本のことは調べたつもりだったのに」

「すみません、か。大人になったね」

八重柏は手を伸ばして私の頭を撫でた。

子供扱いされているようで払いのけたかったが、そうはしなかった。

どんな形であれ、彼に触れてもらうのは嬉しかったので。

「イウサールが私を忘れないでいて、ホームステイ先に指名してくれたことを嬉しく思うよ」

「本当に？」

「ああ。てっきり忘れてしまったかと思った」

「そんなことはない。私が八重柏を忘れるなんて。私の方が忘れられてるかと思った。手紙の一つも来なかったし」

咎《とが》めるつもりではなかったのだが、彼の顔は曇った。

「忙しかったんだよ。しがない大学教授だからね」

「『しがない』？」

「つまらない、という意味さ」

「八重柏がつまらない人間なわけがない」

「ありがとう。イウサールの言葉はいつも強いな」

本気で言ったのに、彼はにっこりと微笑んだだけだった。

「八重柏の部屋は？」

「私の部屋？」

「どこだか知りたい」

「いいけど、見るほどのものはないよ」

八重柏の部屋は、私のために用意された部屋の向かい側だった。

同じように畳が敷かれているが、こちらは洋風な装飾はなく、純和風だ。

床の間に文机《ふづくえ》。ベッドはなく、代わりに畳の上に直《じか》に置かれたマットが、彼の寝床のようだった。

「簡潔で綺麗な部屋だ」

「質素と言うんだよ」

「ごちゃごちゃとしてるのが豪華だとは思わない」

「そうだね。その意見には賛成だ」

彼は、昔よりも距離を置かない話し方をしてくれた。

これは年齢に因《よ》る距離が縮まったと思ってもいいのだろうか？

「さあ、まだ解《ほど》いていない荷物もあるんだ、手伝うからさっさと片付けてしまおう。明日は大学を案内するよ。好き嫌いがあったら、早めに松沢さんに言ってくれ」

だが彼の見せる笑顔には、薄いベールのような距離感を感じた。

目の前にいて、手が届くのに。

「再会の抱擁がしたかったな」

と、聞こえるように言ったのに、にこやかに背を向けられたのも、やんわりとした拒絶のようで、少し寂しかった。


すぐに始まった大学での生活は、悪くはなかった。

中途で入って来た私を、担当の教授が身分まで含めて丁寧に紹介してくれたので、男子も女子もそれなりの敬意を払ってくれたからだ。

はっきり言えば、私の注意を引きたいと、皆が努力して親切にしてくれたので。

アメリカでは、私の立場に対して色々と嫉妬《しっと》したり差別や嫌がらせをする者もいたのだが、日本ではそういうことはなかった。

友人はすぐに出来たし、積極的なアプローチをしてくるガールフレンドも出来た。

中には、親の仕事がらみで機嫌を取ろうというものもいたし、特に変わったこともなく、それなりに楽しい毎日を送っていた。

もちろん、大学の授業の方も、だ。

八重柏の講義もさることながら、自分のやりたいことを学ぶことができた。

「イウサールの学びたいことって何だい？」

だが八重柏とは、微妙な距離感を保ったままだった。

「人の手で作る建築物について学びたい」

そう、丁度テーブルを挟んで食事をするこのポジションのように。

「人の手で？」

「金の力で新しく建つ建物は、皆どこか似通っているし、長く残せるものじゃない。最先端というのも必要だろうが、後の世に残したいと思うものを造りたいんだ」

確かに向かい合っているはずなのに、視線は別のものを見ている。手を伸ばせば届く距離だが、伸ばしてはいけない。

同じことをしていながら、個々の作業は別のこと。

そんなふうに。

「日本の建築物だけでなく、古くから残っているものというのは風情がある。それを見るために人はその土地を訪れるだろう。高いビルを建てたって、新しい技術が開発されればすぐに抜かれてしまう。二番目に落ちたものを見たいと思う者は少ない」

「君はひょっとして観光資源を作ろうとしてるのか？」

「それもある。だがそれだけじゃない」

「と言うと？」

「誇りだ」

「誇り？」

「建物はシンボルになる。だが他者に追い抜かれるシンボルでは意味がない。競争とは関係のない、そこにあることに意義があるシンボルを造りたいんだ」

一緒の家に暮らし、朝から彼と共に生活をすることは嬉しい。

だが最後の一歩が縮まらない。

「国民が、我が国にはこれがある、と誇れるものが、いつまでも残るのはいいことだろう？　日本にだって、古いものがたくさんある。この家もそうだ」

「ここはただ古いだけだからな」

「そんなことはない。部屋の仕切りの上にある彫刻など、見事なものだ」

「あれは欄間《らんま》だね」

私としては、もう対等に話ができると思っていた。

学生と教授という立場はあれど、家の中ではそんなもの関係ないと。

だが、八重柏は、元々そういう性格なのだろう、礼儀正しすぎて取り付くしまがない。

朝、朝食を摂《と》る時には、松沢という老女がいるから変なことは言えないし、昼は互いに大学。私は早くに戻るが、彼は研究があるとかでかなり遅い。

それでも夕飯までには戻って来るのだが、夕飯の席にも松沢さんがいる。目の前には着物をきたなまめかしい八重柏が座っているというのに、色気のある雰囲気になることなどない。

自然、話題は大学のことなど、他愛のないことばかり。

「女子学生達が騒いでいたよ。君が素敵《すてき》な王子様だって」

「…私は自分のことを吹聴《ふいちょう》などしていない」

「わかってる。小川《おがわ》教授が喋ったらしいね。あの人は、君がわざわざ日本建築を学びに来てくれたことをとても喜んでいたから、つい言ってしまったんだろう」

「八重柏は？　嬉しいか？」

「もちろん、嬉しいよ。私の興味のあるものに君も興味を持ってくれて」

こんなふうにいい方向に話が向いても、

「それに、君がいると女子学生達の出席率が上がるしね」

と躱《かわ》される。

「可愛い娘も多いだろう？　この間は君とデートしたと騒いでたよ」

「みんなでね。カラオケに行きましたよ。もっとも日本の歌はあまり知らないので、聞いてるだけでしたけど」

妬《や》いてくれればいいのに、妬いてもくれない。

「つまみ食いをしてはダメだよ。君はいつか国に帰るのだから」

「本気なら、国に帰る時に連れて帰る。ついて来れないなら、ここへ残る」

「そんなお嬢さんがいるのかい？」

あなたのことを言ってるんだ。

相手が八重柏なら、そこまでしてもいいと。

「本気の相手がいたら、だ。私の本気にはそれだけの覚悟がある」

「潔いね」

わかってくれない。

伝わらない。

はっきりと口にしていないのだから当然だ。

「八重柏は…」

けれど告白どころか、少しでも突っ込んだことを言おうとすると話を逸《そ》らされてしまう。

「そう言えば、今度大きなお寺の修復工事があってね。私は立ち会いに行くんだけれど、イウサールも行きたい？」

「…ええ。是非」

これでは告白するどころではない。

「それじゃ、向こうの棟梁《とうりょう》に話しておくよ。さて、そろそろ私は仕事に戻るから、ゆっくりしているといい」

「仕事って…」

「取材先の写真の整理だ。君はお茶でもしているといい」

「手伝おうか？」

「いや、いいよ。分類の仕方もわからないだろうから」

私が何のために来たのか気づいているんじゃないだろうか。

大人になったらもう一度告白してくれと言ったけれど、それは詭弁でしかなく、本当に告白されたら困ると思っているんじゃないだろうか。

だからこうしてやんわりと私を避けているのだとしたら…。

と、考えてしまう。

「八重柏」

「うん？」

このままでは埒《らち》があかない。

自分で行動を起こさなくては。

日本に来た目的は八重柏なのだから。

「今夜は、八重柏の部屋で寝たい」

勇気を出して申し出ると、彼は少なからず驚きを見せた。

「私の部屋？」

「そう」

その驚きは何のため？

「どうして…？」

言い出されると困るのか？

「一人で夜を過ごすのが寂しいんだ。私の部屋に入ってしまうと人の気配がなくってとても静かで、風の音もない」

「今日まで我慢していたのに？」

「布団にも寝てみたい。だめか？　だめなら、その理由を言ってくれ。砂漠に出る時には、硬い寝台に寝ることもある。だから布団がベッドより寝心地が悪いとしても、私は平気だ」

強引だが、少し強引なくらいじゃないと近づけないのなら、強引にもなる。

「松沢さんに頼んで、布団を出してもらうけど、いいだろう？」

八重柏はちょっと口を噤《つぐ》んで考えるようにしたが、すぐに仕方がないというふうに微笑《わら》った。

「わかった。いいよ。では今夜は一緒に眠ろう」

その答えを引き出しはしたけれど、それが自分の思う方向へ向かってくれるかどうか、不安はあった。だが、行動しなくては何事も進みはしない。

「仕事の邪魔はしたくないから、終わったら呼んでくれ。その辺はちゃんとわきまえるから」

「君が『わきまえる』だなんて、本当に変わってしまったんだな」

「大人になったと言って欲しいんだが…」

「大人になったよ。とてもね」

「それを喜んで欲しいのに」

「喜んでいるさ」

けれど、そう言った彼の微笑みは、あまり喜んでいるようには見えなかった…。


ようやく勝ち取った二人だけの時間。

私は柄にもなく緊張していた。

夕食を終え、風呂《ふろ》を終え、寝間着に着替えて彼に呼ばれるのを待つのは、まるでこちらが夜伽《よとぎ》に出される気分だ。

やっと呼びにきた彼と共に彼の寝室に入った時も、上手いことの一つも言えず、布団を敷く間も無言のままだった。

「寝づらかったら、戻ってもいいんだよ。布団はベッドよりも硬いだろう?」

「日本の伝統的な寝具だ。味わっておきたいと思ってた。迷惑？」

「迷惑なことなんかないさ。だが他人と一緒に寝るのは久々だな」

「久々ってことは誰かと寝たことはあるのか？」

「まあ、いい歳をした男だからね」

そのセリフは予防線なのか、挑発なのか。

畳敷きの部屋、彼の布団の横に自分の布団を並べる。

「日本の寝床は不思議だな」

「何が？」

「どこにでもすぐに用意できる。ベッドだと、移動するのに一苦労だ」

「日本の家は狭いからね。ベッドのように敷きっぱなしにしていては、生活空間が確保できない。それに、日本では寝床を人目に晒《さら》すのはみっともないと思う傾向がある」

「みっともない？」

「眠る、という行為は人に見せるものではないと思われているからね」

「陰と陽の陰だと言うんだな？」

「陰陽なんて、よく知ってるね」

「勉強してきたと言っただろう」

「ああ、そうだったね」

彼の気持ちがわからない。

態度が軟らかく、表情が穏やかなだけに、その下で考えていることが読み取れない。

けれど私はそんなに我慢強い方ではないのだ。

彼のために日本に来て、こんなにも近くにいるのに、生殺しのままでいることにはもう堪えられなかった。

「枕元《まくら》の明かりは点《つ》けておこうか？」

自分の寝床の上に着物で座る彼は、私を拒んでいるようにも、待っているようにも見えた。

はっきりとした言葉や態度ではないのなら、それはあくまでこちらの勝手な推測だ。推測ならば、私は都合のいい方に取る。

彼は私を待っているのだ、と。

やんわりとした拒絶ではなく、日本人特有の恥じらいなのだと。

何を言い出すのかと言われたら、八重柏の方がそう受け取れるような態度だったからと言ってしまえばいい。

身勝手であろうとなかろうと、やりたいことをする。

布団を敷き終え、その中に入ると、彼の手が明かりを消した。

枕元に残してもらった小さなスタンドの明かりが、天井の板目をオレンジ色に染める。

ぼんやりとした暗がりは、温かくもあり、寂しくもあった。

背中に、布団を通して床を感じるというのは奇妙な感覚だ。

「八重柏」

静かな部屋で、声は思っていたよりも大きく響いた。

「何だい？」

「昔のことを覚えているか？」

寝返りを打って彼の方を向いたのだが、八重柏の寝床の方が少し高くなっているのでその顔は見えない。

「覚えているよ」

「私が言ったことも？」

返事には間があった。

「どのことだろう。一言一句までは覚えていないな」

それは単に思い返しているからか、覚えていないフリをしたいからか。

だが、今夜はもう逃がすつもりはなかった。

日本に来て、自分の気持ちに偽りはないと再確認した。

彼の穏やかさを、美しさを、私は愛しているのだ。それを告げるために、遠いこの島国までやってきたのだ。

「最後の日のことは？」

「空港まで見送りに来てくれたね」

「そうじゃない。私と二人きりで会った最後の日のことだ」

「…庭の東屋のことか？」

「そうだ」

「…学生達の間で、君が女性にモテるということは聞いている。叔父さんも、結構遊んでいるんじゃないかと言っていたよ」

…何故突然話題を変える？

「八重柏」

「可愛い彼女でもできたかな？」

「そんなものはいない。私が話をしたいのは…」

「わかってる」

「八重柏？」

「昔のことは昔のことだ。子供の頃の言葉に責任を取る必要はない。お前はまだ物事の経験が足りなくて、自分の立場も知らなかった」

…何を、言ってるんだ？

「君の好意が今も変わらないと思ってはいるが、それがどういうものかを今更わざわざ告げなくてもいい」

何を言い出してるんだ。

「心配しなくても、忘れて欲しいことはちゃんと忘れてあげる」

「覚えているんだな？」

思わず、私は起き上がった。

見下ろす彼の寝姿。

八重柏は肩まで布団を掛け、身じろぎもせずこちらを見返した。

「忘れた」

「忘れなくていい！」

「イウサール。若い頃の思い違いは誰にでもあることだ」

「違う！」

彼は忘れていなかった。

忘れてはいなかったが、私の来訪の意味を誤解している。

私が彼に告げようとしていることの中身を、間違えている。

「私は自分の言った言葉を覚えている。私はお前に恋人になって欲しいと申し込んだ」

「…ああ。でもあれから随分と時間も経《た》った。あなたの周囲には人も増えた、新しい出会いもあったことだろう」

「口を噤め、八重柏。私が話をする」

苛立《いらだ》ちで、強く言ってしまう。

これでは我を通そうとする子供のようだとわかっていながら。

「…どうぞ」

「あの日、私が言った言葉は嘘ではない。私は真剣だった」

「それは疑っていない」

「今も真剣だ」

手を伸ばして、その布団を捲る。

薄い日本の着物に身を包んだ彼が、困ったように起き上がり、そこへ座った。

「お前は、私があの日のことを忘れろと言いに来たと思っているんだな？　恥ずかしいことか何かのように、自分の過ちを封じようとしていると」

「過ちではなく、あの時には確かにあなたの気持ちはあったのだろう。だが、人は変わる。気持ちも変わる」

「変わらなかった。私の気持ちは変わらなかった。ずっと、ずっとお前が好きだった」

「イウサール」

「お前を愛したことは私の誇りだ。会わずに六年もの時を過ごしても、揺らがない気持ちを抱ける相手を見つけられたのは幸運だ。どうか信じて欲しい。もう一度言わせて欲しい」

私は手を伸ばして、膝の上に置かれた彼の手を取った。

「愛している、八重柏。私の恋人になってくれ」

「…イウサール」

「私はお前よりも大きくなった、女も抱いた、男も抱いたことはある。もう立派な大人として認めてくれるだろう？　私の言葉を、子供の戯《ざ》れ言とは思わないだろう？」

八重柏は何とも言わず苦笑した。

「お前の言う通り、出会いは多くあった。だが、私にはお前だけだ。八重柏のためだけに日本まで来たのだ。愛している、信じて欲しい」

もう一度繰り返すと、手が握り返された。

「信じるよ」

「八重柏」

「君が本気なことは、あの時も信じた」

「では…」

「だが、あの頃の君はまだ子供だった。せめて十七、八かと思っていたが、それよりも幼かった」

「あの時は十四だ」

「そう。十四の子供だったから、返事はできなかった。あの時に返事をすれば君は自分のとった行動を後悔するかも知れないと思った。何も知らないで選ぶことは、失敗に繋がる大きな要因だ」

「では今は？　今の私はもう二十歳だ。大人として扱ってくれ」

薄い明かりの中、彼は柔らかに微笑んだ。

「好きだよ」

待ち望んでいた返事。

「八重柏」

「君を、とても好きだ」

「本当に？」

「だが、私を相手にすれば君は後悔するだろうと思っていた」

「どうして？　私の愛は本物だ」

「けれどあの頃は、恋人の本当の意味も知らなかっただろう？　男が男を愛するということがどこへ繋がるかも知らなかった」

「知っていた」

「本当に？　随分とマセていたんだな」

「…お前が思うほど、私は清純ではないというだけだ。十四なら、子供がどうやって出来るかも知っているし、あの時既に私は男になっていた」

「それは妬けるセリフだ」

夢のようだ。

彼が嫉妬を口にしている。

「では、もう全てを知っている私となら、本当の意味の恋人になってくれるか？」

「それで後悔しないのなら」

「するものか。それとも、八重柏はするのか？」

彼は笑顔を浮かべた唇の端をクッと歪めた。

僅《わず》かな動きだが、その表情の変化は恋心とは違う意味のざわつきを覚えさせた。

「私はもう随分な歳でね。傷つくことが怖い。君の愛に応えた後、捨てられるのが怖いんだ」

「そんなことはしないと約束する」

けれど彼は座ったまま、動こうとはしなかった。

「八重柏」

待ち切れず、こちらからにじり寄り、自分も彼の布団の上に乗る。

すると彼はもう一度強く私の手を握った。

「君が気づいていないことに気づいているというのに、困ったな…。こうして君の体温を感じると我慢ができなくなってしまう。年長者としてあるまじき、だな」

「私は全て知っている。我慢などしないでくれ。私はしない」

「君がそう言うのなら」

握っていなかった方の手が伸ばされ、私の肩に置かれた。

白い顔が近づいて、唇が重なる。

やっと八重柏と同じ部屋で眠ることが許されたから、都合のいい夢を見ているのかも知れない。現実として認めるには、あまりにも幸福過ぎた。

「八重柏」

だがこれは現実だ。

ずっと想《おも》い続けてきた八重柏が、今、私のものになったのだ。

「お前が欲しい」

彼の全てが、たった今から私のものなのだ。

「いいよ。全てあげよう。君に私の全てを」

本当に、夢のようだった。

もう一度彼からされた口づけは、深く甘いものだった。

自分も随分と経験を積んだつもりだが、彼には一日の長があるのかも知れない。

実際、八重柏の年齢を尋ねたことはないが、私の国を訪れた時にすでに教授としてきたのだから、ゆうに三十は越えているだろう。

それならば、キスの経験が豊富でも仕方がないことだ。

彼ほど魅力的な男を、日本の女性が放《ほう》っておいたとも考え難い。

さっき、本人が『誰かと寝るのは久々だ』と言ったことからして、彼も肉体関係を結んだ相手はいたのだろう。

それを想うと胸が焼ける思いだが、それも仕方あるまい。

過去を問いただすよりも、今彼が自分の腕の中にいるということを喜ぶべきだ。

舌を使った肉感的なキスをしながら、彼をゆっくりと布団の上へ押し倒す。

彼が寝間着代わりに着ている着物は無防備で、襟元から手を差し込むと簡単に大きくはだけた。

露《あらわ》になった薄い胸。

ほの暗い明かりの中に色めいて浮かぶ肌。

「八重柏」

胸を吸うと、細い身体はわずかに身じろいだ。

「今までの誰より、私がいいだろう？」

問いただしはしないが、気にはなるのでそう言うと、彼は笑った。

「…そんなことを訊くもんじゃないよ」

「私は今まで誰を抱いた時よりも興奮している」

「それも言うべきではないな」

「嫉妬する？」

「する」

裾に手を入れ、下着を取り去る。

ここもまた無防備に私の手を受け入れるから、滑らかなその脚の感触を楽しんだ。

私に同情したり流されているわけではないと教える、硬くなった彼のシンボルが手に触れる。

「…ん」

手に握り込むと、熱を持ち、更に大きくなってゆく。

「男のモノにも触れられるんだな」

「好きな男のものにならな」

「本当に、覚悟はできてるんだ？」

「覚悟などいらない。私にあるのは愛だ。お前のものなら何でも受け入れる」

「そうか…」

下肢を愛撫《あいぶ》していた手を押さえられ、止められる。

「八重柏？」

ここまできてやっぱり止《や》めたと言い出すのではないかと、心配したが、そうではなかった。

「私がするよ」

「八重柏が？」

「いやか？」

「いいや…、して欲しい」

清廉な彼が私に奉仕する。

その様を想像するだけでソコが硬くなる。

「下を脱いで」

シルクのパジャマを下着ごと脱ぎ捨て、攻守形を変え、今度は私が仰向《あおむ》けに横たわる。

彼の使っていた枕が肩甲骨の下辺りに残っていたせいで、顔は少し起こし加減になり、彼の行動がよく見えた。

肩より少し長い髪を耳にかけ、彼が顔を近づける。

薄い唇からちらりと覗いた桃色の舌が、黒い私の肉塊を舐《な》め上げる。そこに付いた何かを取り剥《は》がそうとするように、何度も、何度も。

ゾクゾクした。

濡れた感触が何度も私自身を湿らせ、昂《たか》めてゆく。

けれどそれ以上に、それをしているのが八重柏だと思うと興奮する。

彼を美しいとは思う、気高い人だとも思う。だが神聖視しているわけではない。本気で恋をして、本気で愛を告げたから、その美しく気高い男が自分の性器を愛撫してくれていることが悦《よろこ》びだった。

こんなにも、彼もまた私を欲してくれている。

大きく開いた口が先をすっぽりと呑《の》み込み、その中で舌が私を搦《から》め捕った。

細い指は根元を支え、その愛撫が外れないようにする。

「八重柏、もういい」

自分のモノが十分な硬さを帯びたのを自覚したから、彼の耳に触れて、中断を促した。

彼の口から現れる自分のモノに、また視覚が刺激される。

「一度イッていいよ」

「八重柏の口に？」

「君のならば構わない」

「…可愛いことを」

「私も本気だから」

早く彼に入れたいという気持ちはあったが、その口を汚したいという欲もあった。

彼が受け入れてくれているのなら、別に焦ることはない。

「わかった。ではもっとしてくれ。八重柏がしてるところを見ている」

今度は口に含まず、舌先で先端だけを刺激する。

ヘタではなかった。

むしろ上手くて、下半身が疼《うず》いた。

どこで習い覚えたのかと思うと嫉妬するが、抵抗なく私を受け入れてくれるための布石だったと流すことにしよう。

「う…」

自分の先から、彼の口の中に溢れるものを感じる。

舌を使っているからか、その溢れたもののせいなのか、いやらしい水音がぴちゃぴちゃと響く。

耳に掛かっていた彼の髪が、さらりと落ちて私の脚の付け根を撫でた。

「やえが…」

離れろとは言わなかった。

どこであろうと、彼の中に放つという行為は悪くなかったので。

むしろ触れていた耳を軽く摑《つか》み、離れるな、呑み込めというように示唆した。

「…うっ」

痺《しび》れが、骨を伝って全身に広がる。

女とする時よりもずっと早く、私は彼の口に射精した。

「…コホッ」

小さく咳《せ》き込んで顔を上げた八重柏は、凄絶《せいぜつ》な色気があった。

濡れて光る唇。溢れた私の体液を舐め取る舌。

顎に零《こぼ》れたものを手の甲で拭《ぬぐ》い、困ったように上目使いでこちらを見る。

「八重柏」

手を差し伸べたのに、彼はそれを無視して私のパジャマの上着のボタンを外した。

寄り添って重なり、熱い舌が胸の筋肉を舐める。

「もっと、物慣れないかと思っていた」

「幻滅したか？」

「いや、逃げられるよりずっといい」

胸を吸われるのは、少し奇妙な感覚だった。

女としても、男としても、そんなことされたことがなかったから。

第一、男を抱いたと言ってもアメリカにいた時二人相手にしただけで、経験豊富なわりではない。

あの時はただ、男である八重柏が抱けるかどうかを確認しただけのようなものだった。

「イウサール…、この口でキスはまずいか？」

「綺麗に呑んだんだろう？　私のために。構わない」

苦味の残る唇とキスして、私に奉仕する彼に身を任せる。

一度捌《は》かしたというのに、睦《むつ》み合っている間に、またそこが硬くなる。

八重柏の指は、それを促すようにまた触れてきて、その奥にも触れた。

「八重柏、そこはいい」

「だめだよ。ちゃんとしないと」

指が…。

「八重柏」

「ここは？　誰かと使った？」

「そんなことはしない」

「よかった」

彼は身体を起こし、はだけた自分の着物から帯を解いた。

纏うだけになった着物から覗く彼の身体は、引き締まっていて、とても綺麗だった。

「ここまできたら、私も止めることはできない」

「止める必要などないだろう？」

「そうか？」

彼の顔に、今まで見たことのない狡猾《こうかつ》な笑みが浮かぶ。

「イウサール。君が思うよりもずっと、私は君が好きだ。愛している」

そして私の手を取ると、解いた帯で手首を縛った。

「君の全てが欲しい」

冗談とは思えない強さで。

「…八重柏？」

「忍耐力の足りない私を、許してくれ」

再び彼の身体が重なる。

留めるものを無くした着物はすっかり前を開けてしまっているから、直接彼の肌を感じる。

キスが身体に降り注ぎ、指が感覚を呼び起こす。

関節の骨の部分にそっと触れられると、鳥肌が立った。

「う…」

これが彼の『奉仕』ならば、喜ばしい。

だがこれは…。

「拒むな、イウサール」

男の声が、私に命じた。

「私を受け入れてくれ」

それが八重柏の声であるとすぐに理解できなかった。したくなかった。

彼は男なのだ。

私より年上の。

それに気づいた瞬間、私は戦慄《せんりつ》した。

「八重柏…っ！」

腰を抱き、彼が私を俯《うつぶ》せにする。

前で縛られた手は身体の下に入り、背後がガラ空きになる。

彼が力のある男であることは知っていた。昔、工事の現場で重い材木を運ぶ姿も見ていたから。

だが自分にだって力はある。体格は彼よりも上だ。

なのに、不自然な体勢が、私から抵抗力を削《そ》いだ。

「よせ…っ！」

指が尻《しり》を撫で、狭間《はざま》に入り込む。

「…うっ」

奇妙な感覚。

気持ちいいというよりも、ただ鳥肌だけが立つ、ぞわりとした違和感。

受け入れることなどできない場所だから、肉が侵入を阻む。

すると彼は舌を使ってそこを湿らせた。

「…っ、う…」

屈辱的な格好だが、軟らかい刺激は否応《いやおう》無く私を駆り立てる。

唾液《だえき》の湿りを帯び、再び奥を目指す指。

深く、浅く入り込み、内側を擦る。

抗議の声を上げるよりも、喘《あえ》ぎ声を上げぬことに意識を集中しなければならなかった。

「力を抜いて」

と言われても、力を抜けば何をされるか想像できるから、反対に息を止め、力を入れる。

けれど力を入れると、指の感覚はより明瞭《めいりょう》になり、甘い苦しみが増す。

彼は、いつまでも私のそこを愛撫し続けた。

時に前に触れ、より私が感じるようにしながら。

「う…」

背骨にキスされて、彼が覆いかぶさる。

だがそのままただ後ろと前を、指で愛撫するだけだ。

痛みを伴わない愛撫は、次第に私を籠絡《ろうらく》し始めた。

前で合わせた自分の手に、自分の性器が当たる。

そこはもう硬くなり、その先を待っていた。

「綺麗な身体だ」

ヒクヒクと、筋肉が痙攣《けいれん》する。

「まるで野獣のように、締まっていて、しなやかで」

誰にも見られることのない場所が、今彼の目の前に晒されてると思うだけでも目眩《めまい》がしそうだ。

けれどこんな格好のままエクスタシーを感じたくなくて、私は自分のモノをきつく握り締めた。

弄《いじ》っていた彼の指と当たっても、私はそこを譲らなかった。

すると彼は前を愛撫することを止め、腕を回して胸に触れてきた。

「…あっ！」

もう一つの指先で後ろの穴を弄《もてあそ》びながら、膨らんだ私の乳首を摘《つ》まむ。

平素なら、たかがそんなところを摘まれたくらいで声など上げることはないが、ギリギリのところへ追い詰められた状態では、その刺激は強すぎた。

潰《つぶ》すように、こねるように、弄ばれて焦《じ》れてくる。

「愛してるよ、イウサール」

待ち望んでいた言葉だった。

夢にまで見た言葉だった。

だがその響きが今は怖い。

「…アウッ」

指が増える。

なのに痛みがない。

「ミン・ファドゥラク…、八重柏…っ！」

我慢するために自分のモノを握っていた手から力が抜ける。

自分の理性と意思を無視して、快楽を求め始めてしまう。

「ハラス…、止め…あ…ぁ…っ！」

指が、剝《む》き出しの神経に触れたかと思うような快感が走る。

「ん…っ、く…」

「ああ、ここだね」

脚が開き、腰が浮く。

違う。

私の望みはこれではない。

「ハラス…！」

穴と胸を触っていた手が離れる。

ビクビクと震える腰を押さえ付け、彼が脚の間に入る。

「…スタンナ…」

「待てないよ」

締まった肉に彼が当たる。

皮膚を引っ張って広げられた場所に彼が入り込む。

「う…」

念入りに解《ほぐ》されたから、痛みは薄かった。

じくじくとした痛みと熱がそこから腰全体に広がり、異物が私を支配する。

「イウサール…」

甘い声で私を呼ぶな。

細い指で私を嬲《なぶ》るな。

必死に堪えているのに、彼の手は私の手ごとそこを包み、強く握った。

「オゥ…ッ！」

電撃のように走る快感を止める術《すべ》はなかった。

「ハラ…。止め…。八重が…」

もう、手は自分のモノを握ってはいなかった。

そこを彼の指に明け渡し、シーツを握って襲い来るものに堪えるだけだった。

「あ…っ、ん…ッ」

耳を塞《ふさ》ぎたくなるような嬌声《きょうせい》。

それを上げているのが私だなんて。

「ひ…ッ、あ…ぁ…」

揺さぶられ、目眩がする。

突き上げられ、擦られる内側が悲鳴を上げる。

拒否の悲鳴ならばまだ許せた。

けれど…。

「や…、あ…ッ」

甘くなる声が許せない。

「いいよ、イきなさい」

「嫌…だ…。ラ…、ラ…、八重柏…」

容赦ない動き。

突き抜けるような快感。

「アァ…ッ！」

八重柏を咥《くわ》えたまま、身体が震えた。

涙の代わりに、そこからは欲望の雫《しずく》が溢れ出た。

「ア…」

夢の…、ようだった。

とても、とても悪い、夢のような夜だった…。


鈍い痛みで目を覚まし、ぼんやりと目を開けると、見慣れぬ天井が映った。

私の部屋は白いアラベスクの模様のはずなのに、甘茶色の板が見える。

ああ、そうか。

私は八重柏を追って日本へ来たんだ。

彼の家で、共に暮らすことになったんだ。

そう思った瞬間、記憶が波のように押し寄せた。

「アゥ…ッ！」

慌てて起こした身体に走る激痛。

夢では…、なかった。

見回した部屋は、昨夜眠った八重柏の部屋で、自分が横たわっていたのは、彼の布団だった。

身体が震える。

止めようとしても止まらない。

私は…。

思わず布団を捲り、身体を確認する。

「ツ…ッ」

腰が痛む。

手首も痛む。

服は着ていた。

昨夜自分が着ていたシルクのパジャマではなく、彼が身に纏っていたのと同じ、日本の着物型の夜着だ。けれど身体の大きな私には少し丈が短くて、手足が出ていた。

その袖から出た手首のところに、赤い痕《あと》が残っている。

擦れたようにヒリヒリするのは、縛られた痕だった。

昨夜、私は八重柏に抱かれたのだ。

この身体を奪われた。

自分だって同じことをしようとしていたのだから、それを咎める権利はない。ないのだが、受け入れることはできなかった。

私が彼を抱くはずだったのだ。

あの細い身体を抱き締めて、心ゆくまで味わうつもりだった。

だが、実際は…。

彼を受け入れ、声を上げて達してしまった。

手を自由にされても、何もできず、彼が放つまでこの身体を自由にさせてしまった。

「…八重柏」

彼はどこだ？

身体は綺麗に拭われ、手首も、恐らくは下も、手当はされている。

だが彼の姿はどこにもなかった。

「…う」

まだ身体の中に何かが入っているような違和感を覚えながら、ゆっくりと立ち上がる。

何かに縋《すが》っていなければ、上手く歩けない。

廊下を渡って、与えられた自分の部屋へ移動し、時計を見ると、もう昼過ぎだった。

ということは、彼は大学か。

今日は火曜日だから、夕方までは戻って来ないだろう。

彼が戻って来たら…。

戻って来たら？

どうする？

何て酷いことを、と言うか？

愛していると言ったのはこちらなのに。

私が抱かれるのではなく抱きたいのだと自己主張するか？

彼に犯され、痛む身体を引きずって。

いや、それよりも何よりも、今は彼の顔を見られなかった。

自分が昨夜どんな声を上げたか、どんな格好で彼の前にいたか、覚えている。それを思い返すと、彼の顔を見て話をするなんて、あり得なかった。

「…行かなくちゃ」

どこへ？

「ここではないどこかだ」

叔父上のところか？

叔父は男性も抱いたことがある人だと聞いている。もし私のこの姿を見たら、何が起こったか気づくのではないだろうか？

そうしたら、私をこんな目に遭わせた人間が誰だかも気づくだろう。

それでもし八重柏が咎めを受けたら？

すぐにこの家を出て、日本から立ち去れと言われたら？

彼に抱かれたことはショックだった。今も物事をよく考えられないくらいショックが残っている。

けれど、私は彼を愛していた。

彼から引き離されるようなことはしたくなかった。

恐らく彼が着せてくれたであろう着物を脱ぎ捨て、ルーズなパンツスーツに身を包み、カードとパソコンだけを入れたカバンを持って部屋を出る。

「あら、おはようございます」

玄関で靴を履こうとした時、存在を忘れていた松沢さんに声をかけられ、冷や汗が出た。

「もうおそようですよ。具合はいかがですか？」

「具合？」

知っている？

「お風邪を召したから今日はお休みだとおっしゃってましたが、熱は下がったんですか？」

…よかった。

そういうわけではないようだ。

「あ、ああ…。大丈夫だ」

「何か召し上がりますか？」

「いや、出掛けるところがあるので…」

キッチンの方から彼女が近づいて来るので、慌てて立ち上がる。

「でもお加減が悪いのに無理をされては」

「家族のことで、重要な用事ができたんです。八重柏には…、今日は戻らないと言っておいてください。こちらから連絡するからと」

「はい、わかりました。お気を付けて」

精一杯虚勢を張って、壁に手をつくことなく玄関を出る。

だがそれだけで精一杯だ。

門扉から外へ出ると、もう立っていられなくて、塀に手をつきながら大通りへと出た。

どこかへ行かなくちゃ。

誰にも会わずに済む場所へ。

一人で『このこと』をじっくりと考えられる場所へ。

手を上げてタクシーを停め、倒れるように中へ乗り込む。

「どちらまで?」

と運転手に聞かれて答えに迷うと、日本語がわからないと思ったのか、もう一度カタコトの英語で尋ねられた。

「ウェア　ユー　ゴーね。ホテルネームプリーズよ」

ホテル…。

「ロワイヤルホテルへ」

日本へ到着した時に宿泊したホテルの名前が頭を過《よぎ》り、思わずその名を口にした。

「オーケー、オーケー。ロワイヤルホテルへゴーします」

頭を整理したい。

ただそれだけを考えて。


八重柏が去ってから、日本人とは何人も知り合った。

アメリカの大学でも日本人や日系人の友人はいたし、父の関係で国を訪れた者にも会った。

その中でも、八重柏は細い方だと思っていた。

容貌《ようぼう》は女性的ではなかったが、自国人の大人は大抵髭を生やしていたので、髭の薄い彼は青年にしか見えなかった。

一方自分は十八を過ぎてから父に似て背も伸びたし、スポーツをやっていたので筋肉もしっかりとついて、どこから見ても男らしい男になった。

自分でそうなれるように努力もした。

だから、私と彼とが恋人になったのなら、私が彼を抱くものだと思っていた。

いや、体格云々《うんぬん》ではない。

私が女性の役をするなんて、考えてもいなかった。

私は男として生まれたのだ。

女性になりたいわけでもない。

だがそのことを『酷い』と言ってしまえば、自分が望んでいたことも『酷い』ことになってしまうのはわかっていた。

八重柏だって、女性になりたいわけではないだろう。男として生まれ、今日まで男性としての人生を歩んできたのだから。

彼を糾弾すれば、それはそのまま自分に跳ね返ってくる。

だから、彼を責めることはできない。

ではこのままでいいのか？

八重柏を愛していた。

肉体の結び付きを強く意識する前から、そういう関係が男同士でも成るとわかってからも、彼が好きだった。

時間も距離も遠く離れていた時も、忘れることが叶わぬほど。

彼の穏やかな抱擁力が好きだった。

彼の優しい笑顔が好きだった。

私を王族ではなく一個人として扱ってくれるところが、子供でしかない頃にさえ一人前に対峙《たいじ》してくれたことが、私を気高いと言ってくれたことが。

白い肌と整った容貌も好きだ。

細く長い手足も、強靭《きょうじん》でしなやかな肉体も。

それを、私を犯したからと言って嫌いになれるだろうか？

…嫌いになどなれなかった。

私が先に言ったのだ、愛していると。

私が彼の寝所に自分から出向いたのだ。

わかっている。

何もかもわかっている。

けれど、受け入れることはできないのだ。

思い出すだけでも目眩がするほどの醜態だった。

彼に愛され、女のように身体を貫かれ上げた声。

身体の中に彼の男を咥えこんだまま迎えた絶頂。

なんと情けない。

彼を愛していても、それを受け入れる土壌がない。

悩んだまま、私はホテルで無為に時間を過ごした。

戻らなくてはならないとわかっていても、彼に会いたくなかった。連絡を入れないと心配するとわかっていても、声を聞いたらどうなるかが怖かった。

かろうじて、『用事があるから暫く戻れない』とだけメールしたが、聡明《そうめい》な八重柏のことだ、それが嘘であることは察しているだろう。

でも仕方がないではないか。

この身体に、彼の指が這《は》うあの感覚。

脚の間に入り込んだ牡《おす》。

喉《のど》が痛むほど上げた声。

ベッドで眠っていても、その夢を見て跳び起きた。

私はそれを嫌悪するのか？　悦ぶのか？

身体の痛みが引くまで二日間、ホテルの部屋から出られなかった。

軽く脚を引きずる私を見て、誰かが何が起こったのか気づくかも知れないと思うと、人前に出られなかった。

それでも高級ホテルというものはそれなりに物が揃えられているから、着替えは買い揃えてしまえばいいだけだった。

カードは持ってきたので。

身体を動かしても違和感を感じなくなった三日目、ホテルを出て街へ出てみた。まだ八重柏の家に戻ることはできないが、怪しまれ、どこかに連絡されるかも知れないから、私が何者であるか知っているホテルの中に引きこもることはできなかったので。

その翌日は足を延ばして大学へ行った。

もちろん、八重柏の研究室を訪ねることはできなかったが。

以前から積極的にアプローチを繰り返していたガールフレンドを誘い、ホテルでその柔らかな身体を抱いた。

彼に犯されても尚《なお》、自分が男性として機能するかどうか、確かめたかったから。

当たり前だが、彼女の柔らかな身体に勃起《ぼっき》し、最後まで遂げることはできた。

だが抱いている間にも、あの時の八重柏の声が頭の中に響いていた。

『力を抜いて』

赤く染めた女の爪《つめ》が私の焼けた肌にあっても、そそられない。

『綺麗な身体だ』

豊満な乳房を見ても、締まった彼の胸を思い出す。

『愛しているよ、イウサール』

甘ったるい喘ぎ声もそらぞらしく、闇雲《やみくも》に貪《むさぼ》る。

『ああ、ここだね』

それでも、満足できなかった。

『いいよ、イきなさい』

彼が自分を抱いた時の感覚の一つ一つが肌に蘇《よみがえ》り、あらぬ筋肉がヒクついて彼を待っていた。

ガールフレンドは、贈り物一つで口を閉じ、満足して帰って行った。

誰もいなくなった部屋で、女の香水の匂《にお》いを洗い流し、自分の身体を見てはまた八重柏のことを思い出した。

手が、こんなふうに動いたのだ。

ここに入り込まれて、声を上げさせられたのだ。

そう思うと、自分の手が彼の動きをなぞってしまいそうで、いつもはシャワーで済ませるのに慌てて湯船に飛び込んだ。

八重柏が、私を変えるのが怖い。

彼に膝を折るのが怖い。

彼を求めてしまう自分が怖い。

愛しているのに、その愛が怖かった。彼の愛も、自分の中の愛も。

ただ一緒にいるだけで幸福だと思えるような恋をしたつもりだったのに、どうしてこんなことになってしまったのだろう。

答えを見つけられぬまま、私は混沌《こんとん》の中を彷徨《さまよ》い続けた。

誰にも頼ることもできず、豪華なホテルの部屋の中で、まるで熱に浮かされた子供のように。

誰かが助けてくれるのではないかと、ありもしない期待を抱いて…。


大学をサボッてホテルで過ごしてから一週間後、寝ている私の枕元で電話が鳴った。

ホテルの備え付けのものではなく、持ち歩いていた携帯電話の方が。

八重柏…？

そう思って恐る恐る手に取ると、相手はマージド叔父だった。

「はい」

ほっとして出たのもつかの間、電話の向こうからは厳しい声が響いた。

『起きていたか、寝ていたか？』

「…その間ぐらいです」

『結構。ではすぐに起きて私の会社へ来なさい。すぐに、だ』

「叔父さん、私は…」

言い訳をする暇もない。

それだけ告げると電話はあっさりと切れてしまった。

もぞもぞと起き出して、熱いシャワーで目を覚まし、ここで買い揃えたスーツに着替えてホテルを出る。

都心にある叔父の会社『アルフライラ・ワ・ライラ』までは車ですぐだった。

新しいビル。

光ある建物。

古い重厚な建築が好きだが、今はこういうのも悪くない。

古い家…。

八重柏の家の、あの暗い重みの中では息ができなくなってしまいそうだ。こんなふうに簡単な直線の中にいると、気が楽になる。

難しいことを考えたくない時に、人は新しい建物の中に逃げ込むのだろうか?

だとしたら、ビルばかりの今の世の中は、みんな考えたくないことが一杯あるということになる。

「…バカバカしい。何を考えてるんだ私は」

受付に来訪を告げると、頭を綺麗に結い上げた女性は、熱っぽい目で私を見ながら「社長室へどうぞ」と言った。

桜貝のように淡いピンクに塗った爪で、エレベーターの位置と降りる階を教えてくれた。

狭いエレベーターの箱の中、頼りない浮遊感に包まれて上昇する。

最上階で降りると、社長室は目の前だった。

怒られるんだろうな…。

さっきの電話の声からして絶対確実だ。

言い訳の一つも考えられなかった。

…いや、何の言い訳をするのかも、考えられなかった。

ノックをしてドアを開ける。

そこには白鳥だけが座っていた。

「いらっしゃい」

少しキツイ目で彼が私を見る。

この男も、筋肉質ながら線の細い身体だった。

女性的ではないが、すっきりとした顔立ちだ。

八重柏の方が、もう少しシャープだが…。

「奥で社長がお待ちです。どうぞ」

「白鳥は…、綺麗だね」

「は?」

私は彼に歩み寄り、デスクを回って彼の横に立った。

八重柏に似た雰囲気の彼を抱けるなら、八重柏も抱けるだろうか?

「私は男もイケルんだ。もし私が今夜君を誘ったらどうする?」

そんなことを考えながら、彼の細い首筋に手を這わす。

「そういうことは…」

その手首を、突然グッと摑まれ、腕を捻《ひね》られた。

「軽々しく口にするものじゃない」

「痛い、何をする！」

「バカ息子か、お前は」

「お…、お前だと？」

白鳥は私の腕をねじったまま、立ち上がり、奥の社長室へと引っ立てた。

ノックもせずに開いたドアに、叔父さんが振り向く。

眉《まゆ》がクッと上がり、私達を睨《にら》んだ。

『私の甥に何をする』と、この男を叱り付けてくれるだろうと思ったのに、叔父は座ったままデスクの上で指先を組み、こちらを見ているだけだった。

「あなたは甥御さんの躾《しつけ》をきちんとするべきです」

「イウサールの躾？」

「でなければ、バカ王子と呼ばれることになりますよ」

「ほう、で私の可愛い甥はどんなバカをしたんだ？」

「男もイケル口なので今晩どうかと私に言いました」

「本当かね、イウサール」

「単なるジョークです。それより、私の腕を力任せにねじ上げるような男に何か言葉をくれてやってください」

イライラしていた。

だから、誰かがこっぴどく怒られるのを見てみたいという嗜虐的《しぎゃくてき》な気持ちだった。

白鳥が叔父に怒られれば、少しは自分がスッキリすると。

はっきり言って八つ当たりだ。

「放しなさい、卓也」

けれど、叔父は怒ったりしなかった。

声を荒げることすらしなかった。

スーツ姿の叔父はゆっくりと席を立ち、白鳥が手を放すから服を整えて彼から離れた私に近づくと、鼻先を軽く弾《はじ》いた。

「叔父さん」

何故?

「バカなのはお前だ」

「叔父さん!」

「私の会社で男を漁《あさ》るような言動をして、自分が正しいと思うか? もし相手が白鳥でなければ、それを注意もされなかっただろう。彼が真っすぐに私のところへ連れてきたことに感謝しなさい」

「どうしてです？」

「お前の愚かさを知るのが身内だけで収まるからだ。それと、もう一つ言っておく」

叔父は私の前を過ぎると、白鳥の横に立ち、彼の肩を抱いた。

「これは私の恋人だ、二度とくだらないことを言うな」

え…。

「マージド、それは…」

冗談…、ではないようだ。

叔父の顔は冗談を言っている顔ではない。

では、兄達が言っていた、新しい秘書が恋人だというのは本当のことだったのか。

「言っておかなくてはわからないこともある。お前にとって他人に知られることは不本意かも知れないが、この愚かな甥が本気でお前に不埒な真似《まね》をしないようにするためには必要なことだ」

「他人に知られたくないわけじゃない。ただ知られることであなたの立場が悪くなることが嫌なだけです」

「イウサールに知られたからと言って、私の立場が悪くなることはない」

「…それならば、あなたのいいように」

白鳥も、叔父の言葉を一つも否定しなかった。

「わかったな、イウサール。以後彼には私と同等の敬意を示しなさい」

「…わかりました」

この男が、叔父の恋人。

この男が、叔父に…。

「さて、今日は何故ここへ呼ばれたかわかるか？」

叔父上が口を開くと、白鳥は黙って出て行こうとした。

「どこへ行く、卓也？」

「隣で控えています」

「ここにいてもいいんだぞ。お前は私の家族だ」

だが彼は私をちらりと見ると、微かに首を振った。

「あなたは彼を叱るつもりでしょう？　私が同席しては、彼を辱めることになる。彼にとって私は家族ではないのだろうから。お茶が必要ならば運びます。用事がなければ、呼ばれるまで隣室で仕事をしています」

「…わかった。では隣で待て」

白鳥は軽く会釈すると、すぐに部屋から出て行った。

「彼の心遣いに感謝しなさい。私はお灸《きゅう》を据えるためにも、彼の見ている前でお前を叱るつもりだったのだから」

「叔父さん」

「では続けよう」

叔父はデスクを回って自分の席に戻った。

だが私には椅子《いす》を勧めなかった。そこに来客用のソファがあるのに。

「どうして呼ばれたかわかるか？」

「…ホテル住まいをしているから、ですか？」

「その通りだ。お前は学問をするためにわざわざ八重柏教授のところへ行ったのではないのか？」

「…そうです」

「日本へ来たいという情熱が本物だと思ったから、私はその環境を整えてやった。大学も手配した。なのに何故お前は教授の家を出て、ホテルなどにいる？　しかも女性を連れ込んだそうじゃないか」

「何故それを…」

「あのホテルは懇意にしているところだ。まだ学生のお前が長く逗留《とうりゅう》すれば、自然と私の耳に届く」

つまり、ホテルの人間は叔父の手先ということか。

「八重柏教授に事情を尋ねたが…」

「八重柏に？」

「八重柏『教授』は、お前が古い日本の家に慣れなくて、暫くホテルに滞在したいのではないかとおっしゃってた」

私がホテルにいることを知っているのか？　それとも、叔父がそう聞いたからか？

どっちにしろ、今は知られてしまったわけだ。家を飛び出した私がホテルにいると。

「イウサール。お前は何をしにここへ来た？」

「建築の勉強を…」

「今がその正しい状態だと思うか？」

答えずにいると、叔父は長いタメ息をついた。

「親の目の届かない自由な国へ来て遊びほうけているだけなら、すぐに本国へ帰りなさい」

「叔父さん！」

「大学へも行ってないんだろう？」

「それは…」

足は何度か踏み入れた。

だが講義には出ていなかった。

「八重柏の家が住みづらいのか？」

「あそこは…。あそこは、国とは違います」

八重柏は、自分の思い描いた姿と違っていた。

「わかっていて行ったのだろう」

「住んでみるまで違いに気づきませんでした」

触れ合うまで、それに気づかなかった。

だが国に戻りたくはない。

ここを離れて終わりにできるのならば、とっくに出国している。

「大学には行きます。講義にもちゃんと出ます。ですから、今暫くホテルに仮住まいをすることを許してください」

「もし彼の家が嫌なら、他の家を紹介することも可能だぞ。我々の一族を歓待したい者はいくらでもいる」

「戻らないとは言ってません。少し気持ちが落ち着いたら、八重柏の家に戻りたいとは思っているんです」

「本当に？」

「はい」

叔父は黙ったままじっと私の目を見た。

心の中を見抜くような、鋭い眼差しで。

嘘はつきたくないし、ついているつもりもない。

大学へ行きたいと願ったのは、八重柏のためでもあるが、それだけのためではない。ちゃんと建築のことを学びたいのだ。

もう少し心の整理がついたら、自分が八重柏に対してどういう態度を示せばいいのかもわかるだろう。

あの家に戻るにしても、他の家へ行くにしても、日本を出るにしても、今のままでは中途半端過ぎる。自分の望みすらわからない今は。

「…わかった。お前の言葉を信じよう。ホテルに住まうことは許す。だが大学へは行きなさい。そして教授にも謝罪しておきなさい」

「八重柏…、教授にもですか？」

「無理を言ってホームステイさせていただいたのに、勝手に家を出たのだ。あちらだって不快感はあるだろう」

「…はい」

彼はわかっているはずだ。

私がどうして戻らないのか。

だから謝罪も何もないと思うのだが、ここでそれは言えなかった。

「それから、卓也にも謝罪をしてから帰りなさい。くだらないことを言ってすまなかった、もうしませんとな」

「はい」

私は深く頭を下げ、部屋を出た。

最悪だ。

自分でも醜悪だとわかっているだけに気分は落ち込んでいた。

しかもドアを開けて叔父の部屋から出るということは、そのまま白鳥と会うということになる。

彼は、私の気配を感じ、顔を上げた。

「先ほどは…、大変失礼しました」

蔑《さげす》まれるだろうと思ったのに、彼は険しい顔を崩さないままながら、穏やかな声で言った。

「あなたは、ご自分の立場を理解なさい」

「…私が理解していないと？」

「理解していたら、先ほどのようなことは言わないでしょう」

「単なるジョークじゃないですか」

彼が叔父の恋人だと知ったから、言葉遣いには注意する。

「日本人には、ジョークとして通用しません。不快に思うだけです」

「だから失礼したと…」

「私に謝罪をしてもしようがないんですよ。今、私があなたに言っているのは、あなたのしたことが全てマージド社長に降りかかるということを自覚しなさいと言っているんです」

「あれだけのことで…」

「あなたがみさかいなく男性に声をかける人間だと思われたら、そんな甥を自由にさせてる社長もだらしのない人間だと思われるでしょう。あなたはまだ若い。若いからこそそういうジョークを口にしても咎められることはない。けれどそれを注意できなかった叔父であるマージドは、不甲斐《ふがい》ない大人だと言われるでしょう」

…反論のしようがなかった。

「あなたは…、怒っていないんですか？」

「怒ってはいません。多少不快ではありましたが。…マージドは、あなたのことを大変聡明で真っすぐな青年だと自慢していました。彼に人を見る目がないとは思っていません。ですから、あなたの本質はそういう人なのでしょう。それだけに、不用意な発言は謹んだ方がいいと思います」

彼の言葉は静かで、厭味《いやみ》や怒りは感じなかった。

この男は、この人は、本当に叔父のことを心配しているのだ。

そして私のことも。

「白鳥さん」

「はい？」

「今、時間を取れますか？」

「私、ですか？」

「あなたと少し話をしたい」

言った瞬間、彼の顔が強《こわ》ばった。ほんの一瞬だけ。

「…わかりました。社長に許可をとってきますので、お茶でもご一緒しましょうか」

「人に聞かれたくない話なので」

「では、会議室で」

「ええ」

私は、自分が頭のいい大人だと思っていた。

どんなこともちゃんと理解し、推察できる人間だと。

けれどこの時、白鳥が何故そんな顔をしたのか、気づかないほど愚かだった。

そう…、私は決して頭のいい人間などではないと、自覚するべきだった。


会議室に場所を変え、少し待つように言った白鳥がコーヒーとケーキを持って戻ってくると、私達は細いテーブルを挟み向かい合って腰を下ろした。

小さな部屋には大きな窓があって、外には林立するビル群が見える。

ここもまた、簡易な直線の空間だ。

整然としているが色がなく、重みがない。

「それで、話というのは？」

白鳥の声が緊張しているように感じるのは気のせいだろうか？

「あなたは、叔父と肉体関係にあるんですか？」

彼がビクッと肩を震わせ、強くコーヒーのカップを握ったまま顔を上げる。

「からかっているわけではありません。真剣に聞いているんです」

怒らせたかな、と思ったのだが反対に彼は項垂《うなだ》れて視線を落とした。

「…はい」

「もうずっと？」

「…すみません」

「白鳥さん？」

「あなたには不快なことだと思いますが、許して欲しい」

「ち…、ちょっと待ってください。何故あなたが謝るんです？　何を許すんです？」

私は慌てた。

「あなたのお国の方では、同性愛をタブー視するところが多い。あなたも甥として、異国人の男が叔父さんに付いているのは不快でしょう？」

「そんなこと…」

「それを意見するために私を呼んだんでしょう？　思い上がるなと」

そうか。

彼が私の誘いに顔を強ばらせたのは、それを恐れていたからだったのか。

現在の日本でも、同性間の恋愛に寛容にはなっても、公然と認められているわけではない。彼が、さっき私に意見した時とは全く違う顔になっているのもそのせいだろう。

「違います。白鳥さん。叔父があなたを選んだのなら、私には何も言うことはない。叔父があなたを愛しているのなら、それは素晴らしいことだと祝うだけです」

「では…」

「私は…、個人的にあなたに聞きたいことがあるだけです」

「個人的に？」

「あなたを信じて言います。どうか叔父上には内密にしてください」

「マージドには秘密にすることを私に？」

「それが出来ないというのなら、ここまでです」

「…わかりました。彼に利害がからまないことならば、私の胸に収めましょう」

「叔父には関係のない話です」

「それならば」

彼は肩の力を抜き、コーヒーで口を湿らせた。

私は想像力が足りなかった。

彼の不安を読み取ることができなかった。

ここのところ自分の不甲斐なさに打ちのめされるばかりだ。

八重柏の行動も予測できなかった。自分の身体もコントロールできなかった。そして今は、叔父の大切な人をいたずらに傷付けてしまった。

そして更に情けないことに、自分で答えを出せない問題に対して、この人から教えを乞おうとしている。

ついさっきその立場を知らされたばかりの人だというのに。

「本当に真面目《まじめ》に訊くのですが、あなたは叔父を愛してますか？」

「…はい」

「肉体関係があると言いましたが、あなたが抱かれてるんですよね？」

彼は一瞬戸惑ったが、僅かに頬《ほお》を染めて頷いた。

「あなたは女性に生まれたかったのですか？」

「いいえ」

それは即答だった。

「男性なのに、男性に抱かれることに抵抗はなかったんですか？」

「それは…ないと言えば嘘になります」

「男としてのプライドは傷付きませんでしたか？　アイデンティティの崩壊になるとは思いませんでしたか？」

急《せ》くように質問すると、彼はちょっとポカンとした顔をした。

言い過ぎたと、ハッとして口を噤んだが、彼は何かを察したようだった。

「あなたが、『私の気持ちを心配して』色々尋ねてくださるのはありがたいです」

察していながら、そういう言い方をした。

「私は元々男性を愛するタイプの人間ではありませんでした。男性に身を任せることも、すぐに受け入れるということはできませんでした。けれど、そういうことよりも、彼を失いたくないという気持ちが強かったんです」

「抱かせなければ別れると言われたんですか？」

「いいえ。そんなことは言いません。マージドとは、一度別れました」

「何故！」

「彼は、私のためを思ってくれたようですが、離れて行く彼を引き留めることはしませんでした。彼を愛してはいましたが、彼には立場があるとわかっていたので」

不思議なことに、白鳥は毅然《きぜん》としていた。

私に糾弾されるのではないかと見せた怯《おび》えは影を潜め、まるで宣誓をしているかのように凜とした姿だ。

「あなたに言うのもおかしなことですが、彼はあなたの叔父上で、お国では王族です。日本でも会社の社長としての立場がある。私ごときが引き留められる人間ではないと思っていたからです。けれど、彼は戻ってきてくれた」

日本に行った叔父が、一旦《いったん》戻ってきたことが頭を過った。

あの時、叔父上は自分のやりたいことがあるから、私のことはその後だと言っていた。あれはこの人のことだったのか。

「彼が戻ってきてくれるのならば、世間体も、プライドも関係なかった。私はあなたが私を糾弾すると思っていました。大切な叔父さんを誘惑したと、自分達に返してくれと言われるかと」

「そんなことは言いません」

「ええ。でももしそう言われても、私は彼の側から離れるつもりはありませんでした。何を言われても、何度頭を下げても、マージドが別れたいと言うまで彼の側にいます。その覚悟が、他の全てはどうでもいいことだと思わせているんです」

自分の恋愛に恥じるところはない。

彼はそう宣言していた。

『側にいたい』ではなく、『側にいます』と言ったのがその表れだろう。

「だから『もしも』あなたが男性と恋愛をして、自分か、相手の方が、抱かれることを拒んだり、抱くことを躊躇《ちゅうちょ》しているのならば、私に言えることは一つです」

「…何です?」

「相手のことを考えてあげなさいと言うだけです」

「相手のことを?」

彼は信用できる。

そう確信したので、私は続けた。

「相手の何を考えてやればいいんです？」

「恋愛というのは、当人だけの問題だと思われるかも知れませんが、人は一人で生きているわけではありません。偉そうなことを言っても、私も親にはマージドとの関係を話すことはためらわれます。それは親との関係があるからです。仕事は…、以前は自分で会社をやっていたのですが、友人に譲りました」

「え…？」

「彼の側にいたかったので」

そこまで…。

「あなたがもし誰かを愛したとしましょう。そうなったら、相手の親御さんのこと、社会的な立場、友人のことを考えてあげてください。その全てを捨てても、自分が幸せにするという自信がないのならば、手を出すのは止めた方がいいと思います。もし誰かから愛されているのなら、相手にそこまで考えて欲しいとおっしゃい。イウサールさんは単なる王族ではなく、王の子供、王子であると聞いています。あなたが男性と恋愛することに、ご両親は反対するでしょう」

それは…、そうだろう。

叔父ならば許される。叔父が男性を迎えるということは、王位継承権を放棄するという意味があり、歓迎はされないかもしれないが、無駄な争いが一つなくなることとなり、容認されるだろう。

だが私は…。

「あなたの友人も、親族も、喜んでくれるとは限らない。むしろ、その相手と引き離すような行動に出るかも知れない。それでも一緒にいてくれるのかと」

「だが、恋愛ならばそんなに深刻に考えなくても…」

「そこまで深刻になれないならお止めなさい。リスクは大きい。新しく、皆に祝福される恋愛を探すべきだ」

「…あなたは、親や兄弟に反対されたらどうするんです？」

白鳥は、困ったように笑った。

「そうですね。さほど正直な人間ではないので、今のところ理解してくれる者にしか話をしませんし、反対しそうな人には秘密にしています」

「もしバレたら？」

「縁を切られても彼の側にいたいとはっきり言います」

彼は笑うが、それは簡単な気持ちではないだろう。

先ほどまでの話し方からして、彼はとても真面目な人物のようだから。

「叔父は…、とてもいい人を選んだようですね」

それは心からの言葉だった。

「私はあなたが私の身内にいることを誇りに思います。どうか、ずっと叔父の側にいてください。私に助力できることがあれば…」

「ありがとう。でもそこまでで結構です」

「白鳥さん？」

彼はまた笑みを消し、険しい顔に戻っていた。

「あなたはご自分の立場を考えなさい。あなたの一言には重みがあります。私に手を貸すということがどういうことになるかがわかるまで、軽々しく『助力する』と言ってはいけません」

「私は本心あなたに手を貸したいと思っているのに？」

好意を持って言った言葉を否定されて少しムッとする。

「それでもです。問題が起こった時、あなたのご両親が反対したら？　あなたは私のためにご両親と争いますか？」

私が父と対立する。

それはあり得ない。

「お気持ちはありがたく受け取ります。そしてとても嬉しく思います。だからここまでにしておきましょう」

すっかり冷めてしまったコーヒーに口を付け、私は椅子に深く凭《もた》れた。

「あなたは聡明な人だ。そして私は愚かだ」

「そんなことはありませんよ」

「いや、痛感します。私は…、私は、あなたのように答えが出せない」

「無理に答えを引き出さなくても、何時か出る時がありますす」

告白をし、身体を重ねてしまった以上、もはやその猶予はないのだ。…ということまでは彼には言えなかった。

「またマージドに言えない相談ごとがあったら、何時でも連絡していらっしゃい。私の携帯の電話番号を教えておきましょう。ついでに言うなら、私はプライベートではそんなに礼儀正しい人間ではないので、もっとフランクなお付き合いができるでしょう」

「そうなんですか？」

彼はまた違った笑いを浮かべた。

「君が考えなく火遊びをするなら、そのケツを蹴《け》っ飛ばしてやるくらいに」

いたずらっぽい、年上の男の笑みを。


全てを捨ててもいいと思わないのなら、男性との恋愛は止めておけ、という白鳥の助言は、正しいように思えた。

だがそういうことを今まで一度も考えなかったわけではない。

それでも日本に来たのだから、そのくらいの覚悟はある。

彼を愛することを咎められても、その相手に胸を張って答えることはできる。

だが彼に抱かれることとなると話は別だ。

男としてのプライドより、世間体より、自分の愛する人を選んだという言葉を素晴らしいとは思うが、我が身に置き換えると納得できない。

ずっと、自分が男性として彼を抱くものだと決めてかかっていたせいかも知れない。

あの夜の屈辱的な仕打ちが忘れられないのかも知れない。

自由を奪われ、騙《だま》し討ちにあうように、抱かれた。

あれは、一方的だった。

私の意思を無視していた。

そうだ。

もしも、彼が事前に私に抱かれるのではなく抱きたいのだと言ってくれていれば、少しは違った答えが出せたかもしれない。

すぐに納得することはできなくても、何か…。たとえば最後までしないで終わらせるということだってできたはずだ。

白鳥の言葉を借りれば、『相手のことを考えない』行為だったと言えよう。

女性扱いされたわけではないし、自分だって同じようなことを考えていたのに、これほど困惑し、腹が立つのはそこだ。

確かに、私が先に彼に愛を告白した。

身体を重ねることを望んだのも自分だ。

だがことに及んで、彼は私を無視したのだ。

行為の最中、彼は私を見ていなかった。自分の欲望を遂げることしか考えていなかった。そのことが許せないのだ。

自分の困惑の原因が少し見えた気がして、私は自分を取り戻した。

叔父上との約束があるので、ホテルからではあるが、大学へ通うことにもした。

これがいい状態ではないのはわかっているが、他の方法が考えつかなかったので。

ただやはり、八重柏の講義にだけは、顔を出すことができなかった。

彼が、平気な顔で授業をしていたら腹立たしいし、あの夜を匂わせるような態度に出られても困るので。

「イウサール。絵番付の授業の時に休んだだろう」

「絵番付？」

だが大学に出たことで気は紛れた。

「これだよ」

親しくなった友人の中でも、同じ志を持つ三浦《みうら》といるのは、特に楽しかった。

「昔の職人は字が読めないから、板を合わせる時に絵で示していたってやつさ。うさぎの絵が描《か》いてあるものはうさぎの絵の場所に、ヘビの絵が描いている板はヘビの場所に合わせるんだ」

服装も気にせず、分厚いレンズの眼鏡をかけた彼が自分にとって恋愛とはほど遠いところにいるからだろう。

「なるほど。それはいい。私の国は出稼ぎの人間も多くて、言語が複雑だから、参考になる」

「あの辺りはアラビア語だろう？」

「アラビア語にも方言がある」

「へえ、そうなんだ」

「お元気ですかというだけでも、パレスチナではキーフ・ハーラク、レバノンではキーフェックヤーアンメー、シリアやイラクではシュローナック、エジプトではイザイヤック」

「それ全部覚えるのか？」

「いや、全部は無理かも知れない。だが、覚えられる限りは覚える。声をかけられた時、返事ができないと無視しているようだろう？」

「なるほど」

「日本にも方言はあるだろう？」

「あるある。関西弁《かんさいべん》とかはまだわかるけど、九州《きゅうしゅう》や東北《とうほく》はなあ。『おどまあたんばそーにゃしーちょっとばい』ってわかるか？」

謎《なぞ》の言語を口にした友人はどうだ、という顔でこちらを見た。

悔しいが、さすがに方言までは網羅していなかったのでお手上げだ。

「…全然」

「島原《しまばら》の方言で、私はあなたがとても好きですって意味らしい。昔修学旅行でバスガイドさんに教えてもらった」

「言葉は難しいな」

「イウサールは八重柏教授の家にいるんだろう？　あの人の蔵書、見せてもらったことある？」

「…いや。今はホテルにいるから」

「ホテルか。…ひょっとして、福田《ふくだ》誘った？」

突然具体的な名前が出てドキリとする。

それは確かに自分が遊んだ『積極的なガールフレンド』の名前だったので。

「何故だ？」

「吹聴してるみたいだぜ。もっとも、女子達は本気にとってないみたいだけど」

遊びの相手は所詮《しょせん》その程度か。

「その話は、広く回ってるんだろうか？」

八重柏の耳にも入っているだろうか？

「いや、ちらっと出たけど、みんな相手にしなかったみたいだから。だって、お前八重柏教授んとこにいるって知ってるし。…だから、ホテルにいるならそれを言わない方がいいぞ」

「教授は、私が家を出たことを言ってないのか？」

「あの人、口が重たいからなあ。講義の時は懇切丁寧なのに、プライベートは無口みたいだよ。仲がいいのは樋口《ひぐち》教授ぐらいじゃない？」

「樋口教授？」

「ほら、物理のおじいちゃん」

言われて、一般教養で受けている物理の教授の顔を思い出した。

もう随分ご年配の方で、あまり言語も明瞭でない。

「愛想がいいから年寄り受けするんじゃないか？」

彼のしたことを、どこかでまだ許せないと思っているのに、彼が自分の知らない誰かと親しくしていると聞くと、心が波立つ。

確認するまでもないことだが、やはり恋はまだあるのだ。

「暫くホテルに住むつもりだが、もう誰も招かない。忠告には感謝しよう」

「その方がいいだろうな。次の芦原《あしはら》の講義はサシガネの説明してくれるらしいよ。イウサールは尺貫法って知らないだろう」

「シャッカンホウ？」

「本、貸してやるよ。昔の日本の建物はメートル法じゃ作ってないから、知らないと大変だぞ」

明るく笑う友人とは対照的に、私の心の底には冷たいものがいつまでも残っていた。

それは重しのようにじりじりと私を責め、早く答えを出せとせっつくのだ。

「三浦」

「うん？」

「君には恋人がいるか？」

「いないよ。変なこと訊くなよ」

どうすればいいのだろう。

自分で努力すれば何とかなると思って生きてきた自分にとって、答えの出ない問題を抱えることはとても辛《つら》かった。

なのに、未《いま》だに、私には答えを出す方法が見つけられないままだった。

何時連絡してもいいとは言ってもらったが、結局私は白鳥に再び相談することはしなかった。

彼に詳しく話せないというのもあるが、これは自分で決めなければならないことだと認識していたから。

八重柏の家を出て二週間以上が過ぎても、八重柏は私に連絡を寄越さなかった。

叔父が連絡した時点で、私がこのホテルに滞在していることは知っているだろうに、訪れることもない。

居場所がわかって安心しているのか、それとも、黙って出て行った私に腹を立てているのか…。

後者だと嫌だ。

まだ愛しているのに。

だがこちらから彼に連絡を取るのも、何だか嫌だった。

戻りたい。

でも戻れない。

愛している。

けれど会えない。

ノートパソコンだけは持ってきたので、勉学に不自由はないが、それでもホテルは勉強に向いた場所とは言い難かった。

なのに、ジレンマの渦の中で怪我の功名というべきなのか、勉強ははかどった。

他にしたいことがあるわけでもなかったし、勉強に没頭していれば頭を悩ませないでいられたから。

けれど、彼を忘れることはできなかった。

古典建築を学ぼうとしたのは、彼がいたからだった。だからふとした瞬間に、彼のことを思い出さずにはいられなかった。

クギを使わずに柱を組むと書かれていれば、その話は彼から聞いたと思い出し、美しい柱の彫刻を見れば、二人で出来上がってゆく離宮を見上げていたことを思い出した。

取り敢《あ》えず、身体を重ねることは考えたくないと言って、家に戻ろうか？

せっかく同じ国にいるのに、顔も合わさないでいるのはもったいない。

そんな考えの方が彼に対する怒りや戸惑いなどより強くなり始めた頃、私は人の群れの中に八重柏の姿を見つけた。

大学の講義を終え、外で食事をしてから戻ったホテル。

いつもなら、真っすぐに突っ切るロビーラウンジ。

目の端に何かが映った気がして、ふっと振り向いた。

そこに彼がいた。

髪を縛り、スーツを着て、ティールームに座っている八重柏が。

一瞬、喜びが胸を駆け抜けた。

迎えに来たのか、と。今までの感情を全てなぎ倒して、彼が自分のために足を運んでくれたということだけを喜んだ。

だが次の瞬間、それは失望に変わった。

同席者がそこにいたからだ。

広いロビーの中央、床を窪《くぼ》ませる形で仕切ったティールーム。ソファタイプの椅子は背もたれが低く、ところどころに隣の席が見えないように置かれた観葉植物が視界を遮っていたが、上から覗き込むような形になった私には彼等がよく見えた。

相手は、どこかで見たことのある男だった。

あれは確か…、同じ大学の学生だ。

大野《おおの》と言ったか、八重柏の講義で見かけたことがある。

私は怪しまれない程度に、急いで物陰に隠れた。

どうして、彼がここにいるのだろう。

何故あの男と連れ立っているのだろう。

教授と学生が二人きりで会っている、というのは別に珍しいことではない。それがホテルのティールームでなければ。

何か話があるのなら、大学ですればいい。

そうでなければ大学の近くの店に入るとか。

わざわざこんなホテルにくる理由がわからない。

何とか彼等の話が聞けないだろうか?

自分の風貌が目立つのはわかっていたが、私は二人の視界に入らないように注意しながらそっと近づいた。

視界を遮る観葉植物がよい目隠しになってくれ、私は彼等の近くの席に身を沈めた。

「…ですから」

声はあまり響かず、耳を澄ませても会話は切れ切れにしか聞こえなかった。

「そんなことは言わないで、私に…ればいい」

「でも…」

「怖がらなくてもいい。大したことじゃない」

だがその断片的な会話が不安をかき立てる。

「先生」

「大野は私にとって…だ…」

「俺なんかでいいんでしょうか?」

「…優しくして…るよ」

もう少しはっきり聞こえないだろうか?

だが聞き耳を立てていると周囲に気づかれれば、注意を受ける。注意されれば二人に気づかれてしまう。

コーヒーを頼み、深く身を沈める形をとって頭を彼等に近づけることしかできない。

けれどそれだけで、声ははっきりと聞こえた。

「大丈夫だ。私に任せておきなさい。好きなんだろう?」

八重柏の言葉に。

「好きです。だから先生のところに来たんです」

答える大野。

「それなら決まりだ。いいね？」

何が、決まったのだ？

絶対に変な意味ではないと思いながら、不安というものはいつも物事を悪い方へ導いてゆく。

これではまるで、八重柏が大野を誘惑しているように聞こえる、と。

「わかりました。全てお任せします」

いや、これは何かの相談ごとだろう。

ホテルのティールームで会うというのはおかしなことだが、絶対にあり得ないわけではない。

それに、ティールームならば周囲に人もいるのだから、変なことが起こるわけがない。

「では上に行こうか。部屋を取ってあるんだ」

「部屋ですか？」

「いやかね？」

「いえ、でも…」

「そう緊張しなくてもいい。全て気楽に考えなさい。覚悟はしたんだろう？」

「…はい」

私の否定をさらに否定するような会話。

ホテルの部屋に覚悟を決めて向かうというのはどういうことだ？

その説明が考えつかない。

「俺、こんないいホテル初めてです」

「じゃ、記念になるな」

二人が立ち上がる前に、私は席を立った。

目立つ風貌がこんなところで役に立つ。

急ぐ用事があるので、部屋へつけておいて欲しいと言えば、特別室の客である私を止める者はいなかった。

八重柏達が支払いを済ませている間に、私はエレベーターホールへ向かい、近くにいるボーイに声をかけた。

「あちらにいる方に、花を届けたいのだが、部屋の番号はわかるか？」

「部屋の番号ですか？」

「私の恩師なのだ。北洋大学の八重柏教授とおっしゃる。サプライズを仕掛けたいので協力してくれないか？」

我ながら陳腐な説明だが、私の身分と渡したチップが疑いを薄れさせた。

「少々お待ちください」

ボーイはフロントへ行き、何かを告げた。

その言葉を受けたフロントマンが八重柏に近づく。

バラしたのかと思ったが、そうではないらしい。

フロントマンに対して、彼は困った顔で頷き、そのまま別れてしまったから。

壁に隠れた私の前を、八重柏達が通り過ぎる。

すぐにでも飛び出したい衝動を堪えて、じっと息を顰《ひそ》める。

二人が乗ったエレベーターは扉を閉じ、すぐに上昇して行った。

数字のランプは順に変わって行き、六で一旦停止すると再び上に上がって行った。

「イウサール様」

声をかけてきたのは、ボーイではなく、フロントマンの方だった。

「八重柏様のお部屋をお尋ねとか?」

「ああ。彼は私の恩師なのだ。部屋にプレゼントを届けたくてね」

小細工などせず、追うべきだったろうか? だがエレベーターに一緒に乗り込むわけにはいかないだろう。

「本来でしたら、そういうことは出来かねるのですが、あちら様が八重柏様であることは確認いたしましたし、イウサール様でしたら特別に、ということで」

彼に声をかけたのは、本人確認のためか。

一つ真実を確認し、私が嘘を付いていないと思ったのだな。

「六〇二号室です」

六階…。

「万が一にも、トラブルは起こされませんように」

「もちろんだとも。ありがとう」

私はフロントマンに礼を言うと、すぐにエレベーターに飛び乗った。

だが行き先は六階ではない。大学からの戻りで手に荷物を持ってもいたし、頭も冷やしたかったので、一度自室へ戻った。

部屋に入り、何度も深呼吸する。

落ち着け。

落ち着くのだ。

八重柏は不埒な男ではない。

私に対してあのような振る舞いはしたが、それは愛情あってのこと。彼が私を好きだと言ったあとに別の人間を抱くはずがない。

…だが。

彼はああいうことに慣れていた。

彼にとって人を抱くという行為は特別ではないかも知れない。彼ほどの歳ならば、遊びをしてもおかしくはない。

私は彼を裏切るようにあの家を出てしまった。

怒っていることも告げていないのだから、きっと向こうの方が怒っているだろう。何故何も言ってこないのかと。

それを別れととったら？

私とはもう終わりだと思って新しい恋人を探したのだとしたら？

『大丈夫だ。私に任せておきなさい。好きなんだろう？』

『好きです。だから先生のところに来たんです』

『それなら決まりだ。いいね？』

必死に頭を使うのに、あの会話に、教授と学生の会話だという説明がつけられない。

まして二人きりでホテルの部屋へ向かうなど、どう説明をつければいいというのだ？　違うと否定すればするだけ、『もしかしたら』の方が大きくなる。

私の八重柏が、他の男を抱く。

「クソッ！」

我慢できなかった。

彼の不貞の疑いなど、ほんの僅かしかないのに、その僅かな可能性を無視できなかった。

もしも、今、階下の部屋で二人が抱き合っていたら？

このまま見過ごしたせいで、二人が恋人となってしまったら？

「…渡さない」

みっともなくてもいい。

彼を手放せない。

「誰にも渡さない。彼は私のものだ！」

あんな男に渡すくらいなら、この身を貫かれる恥辱など、些細《ささい》なことだ。

長い年月の忍耐も、この苦悩も、彼を愛すればこそだ。過去に彼が誰を抱こうが流すことはできたが、今、私のいる同じホテルで彼が他の者に触れることは許さない。

部屋を飛び出し、エレベータに乗り、迷い無く六階のボタンを押した。

そんなことがあるはずがないと、祈るような気持ちで。

憤りと不安に歯がみしながら、私は真っすぐに、八重柏の元へ向かった。


勢い込んで部屋の前まできたものの堅く閉ざされた扉を開ける方法が思いつかなかった。

ホテルの人間のフリをして開けてもらうか？

届け物だとか、ルームサービスだとか。

いや、何故私が芝居などしなくてはならない。

彼が私を愛していると言って抱いたのなら、私にはこの部屋に踏み込む権利がある。

深く息を吸い込むと、私は拳《こぶし》で扉を激しく叩《たた》いた。

ややあって、扉の内側から八重柏の声が聞こえる。

「何ですか?」

警戒する声。

「私だ。開けろ」

「イウサール?」

「すぐに開けろ。お前に用がある」

やましくないのなら、すぐに扉は開くだろう。

確かに、扉はすぐに開いた。

けれど八重柏は自分の身体で、開いた隙間を遮った。

「一体どうしてここへ?」

「私を入れろ」

「それは無理だ」

「何故?」

「今は別の…」

「別の男がいるからか？」

『別の』と言われてカッとなり、彼を押しのけて中へ入る。

「イウサール！」

彼が腕を摑むのを無視して奥へ入ると、そこに大野がいた。

私の部屋とは違う、ベッドが一つだけの部屋。

そのベッドの上に大野が腰を下ろしていた。

ベッドの上、だ。

「イウサール？」

彼は私の出現に驚いた様子でそこから立ち上がった。

だがもう遅かった。その姿に、頭に血が上った。

「お前が私の…！」

私の八重柏に手を出すことを許さない、と続けるつもりだった。

だが背後から伸びた八重柏の手が、私の口を塞いだので、言葉は途中で途切れた。

「大野くん。彼がちょっと話があるというんで、席を外してくれるかな？」

長い指が私の顔を覆う。

大野は、怒りを見せる私に脅えたように距離を取った。

「はい、いいですけど…」

「すまないね。詳しいことは後でまた連絡するから」

「はい」

「イウサール、声を張り上げてはいけないよ。言いたいことは聞くから、訊きたいことには答えるから、落ち着きなさい」

私の耳元でそういうと、彼はゆっくりと手を離した。

目の前、ベッドから降りた大野が逃げるように部屋から出て行く。

怪訝《けげん》そうな顔で私を見ながら、姿を消す。

扉の閉まる音を聞くまで、言葉を発することはしなかったが、カチリというその音を聞いた瞬間、抑えていた感情が爆発した。

「今度はあの男か？」

「今度？」

「彼をホテルに連れ込んで何をするつもりだった。私がここにいるのは知っていただろう？」

「それは…、どういう意味かな？」

「どういう意味も何もない。叔父はお前と連絡を取ったと言っていたんだ。私がこのホテルに滞在していることを知らないはずがない！」

八重柏はゆっくりとベッドの上に腰を下ろした。

髪をまとめていた紐《ひも》を解き、ばらけた前髪を片手で掻《か》き上げる。

「そっちを聞いたんじゃないが、そういうことか。もちろん、知っていたよ。君がここに泊まっていたから、わざわざこのホテルを選んだんだ」

落ち着き払った答え。

「よくもぬけぬけとそんなことを……！」

「よくも？」

「ベッドが一つしかない部屋に連れ込んでおきながら、何を申し開きができる。階下で二人が好きだの何だのと言っているのも聞こえていたんだぞ」

彼は慌てもしなかった。

弁解をする気配さえない。

その態度に余計腹が立つ。心から謝罪すればまだ許せるものを。

「何か言ったらどうだ！」

「何か言ったら、か…」

彼は困ったように笑みを浮かべると、ベッドの横に置いてあった冊子を手に取った。

「これを見てごらん」

「こんなものが…」

「いいから」

彼の様子を窺いつつ、手渡されたものに目を落とす。

それは東北の寺の三重の塔の修復に関するパンフレットだった。

現在の破損状況と、修復方法について細かく書いてある。

塔自体が重要文化財に指定されているので、かなり大掛かりな工事になるであろうから、そのための募金を集めたいというのが目的のようだった。

載っている写真は美しいし、工事の内容などにも興味はあるが、これが今の話題と何の関係があるというのか。

「彼は大野くんと言って、私のゼミの学生だ」

「知っている。大学で会った」

「そうか。彼は、君と同じくこういった建築物が好きでね。大学を卒業したら宮大工になりたいと相談を受けたこともあった」

「だから…」

何だと言うのだ。

「最後まで聞きなさい。それでも遅くはないだろう?」

そう言われると彼が逃げない以上、特に詰め寄る必要もないので、近くにあった小さな椅子を引っ張ってきて腰を下ろした。

彼は自分の隣に座るよう、ベッドの上を示したが、今は彼の隣にも、ベッドの上にも行きたくなかったので。

「彼はとても優秀な学生だった。私にとっては大切な教え子だ。だが、彼の親御さんがご病気で、仕事を辞めることになった」

あの男の家庭の事情など関係ない。

私が聞きたいのは何故あいつとホテルに来たか、だ。

「それで学費の工面がつかないので、大学を辞めると言い出した。その相談に乗っていたんだ」

「嘘だ」

「嘘じゃない」

「それならば、大学で話をすればいいだろう。わざわざホテルに呼び出す必要などない」

「大学で、友人達に聞かれるかも知れない場所で、彼に『お金がないから大学を諦めます』と言わせるのか？　私にはできないな」

「…う」

「それに、このホテルを選んだのは、君がいたからだ。もしかしたら会えるかも知れないと思って選んだ」

そんな機嫌を取るようなことを言ったって、騙されない。

「それならば下のティールームで話をするだけで済んだだろう。わざわざここへ呼んだ理由にはならない」

「彼が大学を辞めることは数日前に聞いていた」

「やっぱり…」

今日会ったのはそれが理由ではないではないか。

「だから彼に仕事を紹介してあげる約束をしていたんだ」

「仕事?」

「それだよ」

彼はまだ私の手に残っていたパンフレットを指さした。

「宮大工にはほど遠いが、一般の者よりは知識がある。行けば出来上がるまで向こうに行きっぱなしになるかも知れないし、周囲は技術的に憧れの人ばかりだから、自分がやっていけるかどうか怖いと言ったが、それでも大学を中退して適当なところへ勤めるより、休学にして現場で研修することの方がずっといいだろう」

怖い…。

「何より、彼はこういったものが好きで私のところへ来たんだ。これほどいい職場はないだろう」

『大丈夫だ。私に任せておきなさい。好きなんだろう?』

『好きです。だから先生のところに来たんです』

『それなら決まりだ。いいね?』

あの会話は…。

「部屋に呼んだのは、その説明をするためだった。今、君に見せたパンフレットの他に、前の工事の時のDVDがあるので見せてやろうと思って部屋を取った。どこかの店では、DVDを回すわけにはいかないからね」

　誤解…。

「だ、だが、ベッドが一つしかない部屋に…！」

「当然だろう。ここはシングルルームなのだから。男二人が眠るには狭い。それに、ここはそういう目的のホテルではないと思うが？」

　自分の使う部屋がいつも広いから、他の部屋は狭く感じていた。

　狭くとも、二人も三人も住んでいる部屋というのを見たこともあった。

　だから、ここに二人がいるのを見た時、ここを二人で使うのだとばかり思っていた。

　だが確かに、見ればベッドの上には二つの枕があるが、それが一人分のものであることは明白だった。

　耳が痛くなるほど、顔が熱くなる。

　恥ずかしい。

　自分の間違いに気づいて、顔が染まる。

「可愛いイウサール」

　八重柏は、悪い顔で微笑んだ。とても嬉しそうに。

「我を忘れて怒鳴り込んできてくれるほど、私が好きかい？」

私の気持ちを見透かした笑みだ。

「…八重柏のことは好きだと言っている」

それを否定はしない。事実だから。

「君がいなくなって、とても寂しかったよ」

「あれは…！　…あれはお前が私に…」

「私が？　君に？」

言葉が続かない。

ここで言うべきなのだろうか？　私を抱かないでくれ、私に抱かせてくれ、と。

けれど、誤解をし、学生の相談を受けている彼を疑って部屋に踏み込んだという状況が、また私の立場を弱くする。

何を置いても、彼のもとに駆けつけてしまった事実が、私を追い詰める。

「イウサール。君は私を愛しているか？」

「愛している」

「ではまず謝罪をしなさい」

「謝罪？」

「黙って家を飛び出したことを」

飛び出すようなことをしたのはお前だろう。

「そして私に愛されたいのなら、跪《ひざまず》いて愛を乞いなさい」

「ひざま…ずく?」

「そうだ。私の愛情が欲しいと言いなさい」

八重柏の目は、本気だった。

決してからかっているわけではなかった。

本気で私に跪けと言うのだ。

彼を愛している。

彼に愛されたいと思う。

だが…。

「おいで、イウサール」

優しい声で、彼が私を呼んだ。

座ったまま椅子から動かない私の前に、ベッドから立ち上がり、手を差し伸べる。

その手を取らずにいると、ふっと笑って私の上に屈《かが》み込んだ。

零れる長い髪が頬に当たる。

軟らかい唇が唇を奪う。

合わせるだけではないキスが、私の唇をこじ開け、中を貪る。

「ん…」

腕は回さなかった。

回されもしなかった。

ただ一点だけ接した口元だけが、深く、濃く、私を煽《あお》る。

好きだ。

彼が、とても。

このキス一つで、体温が上がるほどに。

今まで寝てきたどの相手とのセックスよりも、このキスの方がずっと自分を燃え上がらせる。

「ん…、ふ…っ」

首を巡らせるようにして、長く続ければ続けるほど、溺《おぼ》れてゆく。

彼の手が私の胸に置かれ、心臓の位置を探るように動く。

愛撫ではない、服の上からのゆっくりとした動きだ。なのに彼の手であるというだけで身体がざわりとする。

あの夜を想って。

やっと彼が離れた時には、すでに身体は彼を求め、頭をもたげ始めていた。

「『お願いだから、私を愛してくれ』と言ってごらん」

疼く身体に染み入る彼の声。

「何よりも私が好きだから、愛して欲しいと」

私を見る、蠱惑的《こわくてき》な瞳。

催眠術にかかるように、心が動く。

それを言えば、彼が手に入る。

彼は私のものになる。

彼を失わないための努力よりも優先させることがあるだろうか？　この恋を手に入れることよりも大切なことがあるだろうか？

彼が求めてくれるのならば、それに応えるべきなのではないか？

けれど、頭の片隅で、何かが『違う』と声を上げた。

「…そんなことは、言わない」

はっきりと頭の中いっぱいに響き渡る声が聞こえた。

「イウサール」

「それは間違っている」

八重柏の顔から笑みが消える。

「私を愛していない、と？」

疑うように問いかけられる。

「お前を愛している。それは何万回でも言ってやる。だが、私の望む愛は跪いて乞い願うものではない！」

弾かれるように、私は椅子から立ち上がった。

絶対に、他の者に八重柏を渡したくはない。

彼が他の者を抱くぐらいならば、自分がその腕に抱かれてもいい。自分の男としてのプライドぐらいならば、彼のために捨てられるかも知れない。

けれど、もう一つのプライドは捨てることはできなかった。

それをすることは許されなかった。

「お前を愛してはいる。だが私の頭は懇願のために下げるものではない。王の子として、己の欲望のために跪くことは許されない。私は、お前に愛をめぐんでくれとは言わない」

これは、個人としては間違った選択かも知れない。

だが私には出来ない。

「八重柏、それは間違いなのだ」

彼は、まるで遠くのものを見るように、じっと私を見ていた。

瞬《まばた》きもせず、何も言わず、無表情のまま。

何故？　私は目の前にいるのに。言うべきことをちゃんと告げたのに。

やがてその顔はゆっくりと、いつもの彼の顔に戻った。

穏やかに微笑む、八重柏の顔に。

「わかった。ではそれをお前の答えとして受け取ろう」

声のトーンもいつものままだ。

「八重柏を愛してはいる」

「わかっている。それを疑いはしない」

そう言われると悪い気はしなかった。

信じてほしかったから。

「私が学生を引っ張り込んでいるという誤解も解けたようだから、真面目な話をしよう」

「今のが真面目ではなかったような言い方をするな」

不満を訴えたが、彼はそれに返答をしなかった。

「君は、いつまでここにいるつもりだ？」

「何がだ？」

「いつまで私の家を出ているつもりかと訊いたんだ。それとも、もう戻らないつもりか？　だとしたら、そのことをマージドさんに伝えなくては」

「…戻らないとは言っていない」

「学生として、ホテル住まいなのはいただけない。君が特別扱いの王子様として大学にいるのだというのなら何も言わないが、もし一学生として学びたいと思うのならば、どこかちゃんとした場所に移りなさい。私のところでも、他の人の家でも、自分で部屋を借りるでも。でなければいたずらにお身内に心配をかけるだけだろう」

「それは…」

「もし戻るなら、君の部屋はそのままにしてある。松沢さんも、とても心配していた。戻らなくても、彼女に挨拶ぐらいはしなさい」

さっきまで誘惑者だったくせに、こんな時ばかり保護者の顔をして。

「八重柏の家に戻る。叔父上にもふらふらとするなと言われていたところだったし」

もっともそう言われたのはとっくの昔なのだが。

「では行っていいよ。荷物をまとめる必要もあるだろう。叔父さんにも、ちゃんと自分で連絡を入れるんだよ」

「子供扱いするような物言いは止《よ》せ」

「理由も言わずに家出をするのは子供の行動だ。子供扱いが嫌ならば、ちゃんとしなさい」

ピシリと言われ、返す言葉はなかった。

自覚もあったので。

「さあ、行くんだ」

手が私の肩を摑んで戸口の方に向けさせる。背を軽く押され、追い立てられるように部屋から出されるのは不満だった。

だが彼は私の愛の言葉は信じると言ったのだ、今はこれでよしとしよう。彼の愛を乞わないと言ったことで、戻ってもすぐに抱かれるということはないだろうし。

もう一度彼の側に戻れる。

ただそれだけでも、悪くはないと思っていよう。


三浦と、言葉は難しいという話をしたことが、何故か心に残っていた。

言葉は簡単に口から溢れる。

けれどそれが心に思っている意味で相手に伝わるとは限らない。

自分の知らない言語を有する人々と話をすれば、こちらの言葉もあちらの言葉も、ただ音の羅列に過ぎない。

音に意味を見いだし、正しく理解できなければそれには何の意味もない。

絵合わせをしても同じことだ。

絵に対する概念が共通していなければ、ムカデとヘビを間違えるかも知れない。鳥と魚を間違えるかも知れない。

私は本気で、八重柏に愛していると言った。

彼もまた同じ気持ちだと言ってくれた。

だがそこには小さなズレがあった。

小さくても、決定的なズレが。

愛を信じてくれても、その愛の意味が、信じるの意味が、同じだとは限らない。

そんな気がして。

彼とホテルで再会した翌日、私は増えてしまった荷物を纏めて、八重柏の家へ戻った。

「お具合が悪いのにお出掛けになるから、心配してたんですよ」

と松沢さんは温かい言葉をくれた。

けれど私が欲しいのは老女からの心遣いではなかった。

離れていた時にはあれほど明確だった自分の欲が、望みが、今は曖昧模糊《あいまいもこ》としてよくわからなくなってきた。

疑いではなく、何もかもの形がわからない。

気持ちの芯《しん》はしっかりしているというのに。

平穏な日々は、簡単に取り戻すことができ、ここを出る前の日常と同じことが繰り返される。

朝起きて、八重柏と食事を摂り、大学に行って勉強し、戻っても勉強し、夕食をまた彼と一緒に摂って別々の部屋で眠る。

その間、ずっと恋のことを考えている。

好きで済むと思っていた。

好きか嫌いか。

愛しているか愛していないか。

愛していると言って、愛していると答えてもらったら、悩むことなどなくなると思っていた。

だが今心は忙《せわ》しく悩み続けている。

気持ちは変わらないのに。

言葉だけならば、自分の恋愛は完結を迎えた。しかもかなりのハッピーエンドで。

だが実際がそうではないのは何故だろう。

彼に抱かれたショックは、もう大分薄らいでいた。ショックな誤解ではあったが、それよりももっとショックなことがあったので。

奪われると思った瞬間、ポンと答えが出た。そんな気分だった。

けれど彼が『跪いて愛を乞え』と言った時、また嚙み合わないものを感じてしまったのだ。

欲しいもののために頭を下げられない自分を、ワガママだとは思わない。欲しいものを欲しいとわめき散らし、手段を選ばないことこそ、子供の所業だ。

自分の出した答えに悔いはない。

なのに、どうしてこんなに恋が遠いのだろう。

「この間の大野、東北へ行くことが決まったよ」

「あの三重の塔?」

「一度見に行くといい。解体から見ると、面白いから」

「面白い？」

「板を外してゆくと、色々落書きがあるんだ。千年前にも最近の若い者はと愚痴が書かれていたりする。いつの時代も、人の考えなんて変わらないものなんだなと思うよ」

ゆるやかに流れる他愛のない会話。

彼が私に向ける目は優しく、国にいた頃のよう。

これはこれで懐かしく心地よい。

「質問していいか？」

けれど距離を感じる。

「何だい？」

「蟇股《がままた》って何？」

「古建築の部位だね。上下の桁《けた》の間にあって、上からの重みを支えるパーツだ。蟇が座ってるように見えるところから付いた名前だ」

「カエルがいるわけじゃないんだ」

学生と教授のような会話。

学生と教授でしかないような会話。

嵐《あらし》が過ぎ去った後の凪《なぎ》のような静かな時間。

私はもう、彼の部屋に行きたいとは言わなかった。

彼もまた、私においでとは言わなかった。

仕切り直した新しい時間の過ごし方を探っているような、曖昧な感じ。

心の中は激しく求めているのに、表に出せない。彼にはそういうものがないのだろうか？　大人の余裕というやつで、焦りなど感じないのだろうか？

それとも、私が逃げ出したことで臆病《おくびょう》になっている？

まさか、な。彼が臆病だった時など、私は知らない。彼にはいつも余裕があって、こちらが焦らされてばかりだ。

言葉は曖昧だが、その言葉すら発しなければ、わかるものは何一つありはしない。

語ってくれ、説明してくれと望むべきだろうか？

自分もそういう意味で大人になってしまったのか、臆病なのか、こちらからアクションを起こすことはできなかった。

一度失敗したから。

彼の出した答えを、一度はこの家を飛び出すことで、もう一度ははっきりとした拒絶で、二度までも撥《は》ね除《の》けてしまったから。

求めて、また拒絶するしかないことを言われたら、今度こそ彼に呆《あき》れられるのではないかと。

このままでいいとは思わないけれど、身動きが取れない。

よい策も見つからない。

何となく煮詰まってゆく。

そんな時だった、突然白鳥がこの家に立ち寄ったのは。


「近くまで来たので、どうしているかと思って。というのは建前で、マージドからあなたの様子を見て来て欲しいと頼まれたんです」

爽《さわ》やかな顔で、彼はあっさりと白状した。

「叔父さんから口止めされていたのではないのか？」

「されていました。ですが、君が『何をしに来たんだろう』と不安に思うよりも、この程度のことはさっさと伝えてしまった方がいいと思うので」

どうやら彼は、私が思っているよりもずっとしたたかな男のようだ。

それともただ素直なのか。

「教授はご在宅ですか？」

「いや、あと一時間ぐらいしないと戻らない。よかったらそれまで私の部屋へどうだ？　いや、どうですか？」

「『どうだ』でいいですよ。私は気にしない」

手土産の菓子を松沢さんに渡すと、代わりに彼女がお茶を差し入れてくれた。

部屋へ通すと、ベッドのある二間ぶち抜きの座敷を、彼は興味深そうに眺めた。

「私が最後に来た時よりも手が入っていますね」

「そうなのか？」

「古い家ですから、色々と不都合もあったようですが、それが解消されている。エアコンなんてなかったんですよ。それに照明も吊《つ》り下げ型で、君では頭が引っ掛かるんじゃないかと心配してました。八重柏さんの気遣いですね」

与えられて当たり前だと思っていたから、そんなことには気づかなかった。

私は片方の膝を立てて座ったが、彼は慣れているのか足を揃えて正座をした。

「くつろいでいいのに」

「痺れたら崩します。部屋は片付いているし、血色もいい。マージドには『ちゃんとしている』と報告しましょう。あれから火遊びは？」

意地の悪い質問だ。

「あなたにお尻を蹴り上げられたくないので、謹んでいます」

「それは結構。私は恋愛を重ねることは反対しませんが、いい加減な気持ちで人と付き合うことは嫌いです」

「それは私もだ。相手がそういう類《たぐ》いの人間ならば別だが」

「そういう類い？」

「身体を重ねることに趣のない人間と、それが仕事だと思っている人間です。正直に言いますが、そういった類いの者と寝たことはあります」

「若いのだから仕方ないと言ってしまえば簡単だが、自分で後悔のないように」

「病気を感染《うつ》されるとか？」

「そこまでバカじゃないでしょう。ただ、あなたに本気の相手が現れた時、過去の所業を咎められないか、ということです」

「それはないでしょう」

あの夜、素直にそれを口にしたが、八重柏は何の反応も示さなかった。

それに彼だって経験はあるふうに言っていたのだから、お互い様だ。

「相手も大人ですから」

その一言は自分に想う相手がいると白状するようなものだが、白鳥ならばそれを叔父には告げないだろう。

「大人、というのは便利な言葉だ。だが、歳を重ねたからといって、何でも我慢できたりわかったりするわけではないよ」

「あなたは叔父の昔の相手に嫉妬する？」

今度はこっちからやり返すと、彼は苦笑した。

「目の前に現れたらするでしょう。なので知りたくはないですね」

「では耳に入れないようにします」

松沢さんの持ってきてくれた日本茶を飲みながら、言葉のやりとりを楽しむ。

気を張らない相手と思っているから、彼と話すのは楽だった。

「その後、どうです？」

「勉強ですか？」

「いいえ。『もしも』の恋愛ごとです」

その一言に湯飲みを持った手が止まる。

「自分からは相談に来ないようなので、つい心配になりました」

「それは…、よくわかりません」

「よくわからない？」

「何かが違うのに、何が違うか説明できない」

「苦しい？」

「苦しいと言うか…。とにかく、わからない、です」

「そうですか」

私の答えに納得したわけでもなかろうに、彼はそれ以上踏み込んではこなかった。

「遠い国の方が、日本の建築を学ぼうなんて珍しいですが、何がきっかけだったんですか？」

「それは…」

八重柏と会ったからだ。

彼と会って、彼が教えてくれたから、興味を持った。

彼がいなくなってからは、彼を想ってそれを学んだ。

彼と会ったその時から、私の全てが彼に集約されていたからだ。

「父が、離宮を建てたからです。日本の建築様式で、日本の建物を。それはとても美しかったので、学びたいと思ったんです」

滑稽《こっけい》だな。

その全てを持っていった者の側で、することがわからないなんて。

「お父様は、日本がお好きなんですか？」

「だと思います。母はさほどではないようですが」

「…そうですか。あなたは？」

「私？」

「日本を気に入っていただけましたか？」

「好きです。とても」

「それはよかった」

「あなたは、私の国を好きになってくれるだろうか？」

「きっと好きになります。あなた達にとって大切なところだから」

あっさりと返す彼の中に、悩みはないのだろうか？

いや、あっただろう。

呼び出されただけで私に責められると思ったのは、彼にそういう想像が容易だったからで、そのことが頭にあったからなのだろう。

なのにあそこにいられるのは、彼が私よりも大人で、自分の答えを持っているからなのだ。

「答えが出ているのに、答えが合わないと感じる時は、何が悪いのだろう…」

ポツリと漏らした言葉を、白鳥は聞き逃さなかった。

「それは別の問題がある時でしょう」

「別の問題？」

「一つの答えが出ても、次の問題が出されている。前の問題のことばかり考えていると、次の問題に気づかない。ただそれだけです」

「それだけ、ですか？」

「問題に気づけば、それに合った答えは出ますよ」

次の問題。

彼を愛しているか、と問われればイエスと言うだろう。

彼に抱かれてもいいかと問われれば、それしかないのならイエスと言うだろう。

では今出されている問題は？

「叔父に、跪いて愛を乞えと言われたらどうします？」

今まで悠然と構えていた白鳥は、その質問にうろたえたように周囲を見回した。

「ああ、さっきの女性は呼ばれるまで来ません。安心してください」

「突然は心臓に悪い」

「答えは？」

「しますよ」

「簡単に言いますね」

「彼が言うなら、それに意味があるのでしょう。彼はそんなことは言わない人だから、何か理由があって口にしている。それならば、理由を聞いて望む通りにするでしょう」

理由…。

八重柏も、そんなことを言い出す男ではなかった。

では彼には理由があるのだろうか？

「八重柏教授にもお会いしたかったが、そろそろ帰ります」

「もう？」

「あなたの様子を見に立ち寄っただけですから。また来ます。今度はゆっくりと時間を取って」

「残念だ。あなたと話をするのは楽しいのに」

「私も、弟が出来たようで楽しい。時々驚かされますが」

引き留めたかったが、彼は叔父のもので、叔父のところに帰ってゆくのだと思うとワガママは言えなかった。

立ち上がった彼と一緒に立ち上がり、玄関へ続く廊下を進む。

「余計なことかも知れませんが、一つの視点からだけ見ていると、行き止まりに見える時も、別の場所から見ると出口が見つかることがあるかも知れない。頭を切り替えてみるのもいいでしょう」

私の悩みは知らないだろうに、彼は振り向かずそう言った。

「覚えておきます」

玄関先で白鳥が靴を履いていると、丁度八重柏が戻ってきた。

「おや、白鳥さん。いらしてたんですか？」

「近くまで寄ったものですから。彼の様子を見てこいと社長に言われまして」

「今、帰られるところだ」

私が言うと、八重柏はにっこりと笑った。

「そうですか」

「教授から見て、彼はよくやってますか？」

「優秀ですよ。そして真面目です。あなたが心配する必要のないくらい」

「…私が心配なのではなく、社長が心配しているんです」

「ああ、失礼。では、マージドさんにそうお伝えください」

少し高いところから彼等の会話を聞くのは奇妙な感覚だった。

二人とも私に近しい者なのに、どこかよそよそしく遠い。

『白鳥さん、私は彼を愛しているんです』と言ってしまったら、白鳥はどんな顔をするだろう。

糾弾はしないだろうが、驚くだろうな。

では八重柏に、彼が叔父の愛人だと告げたら、彼はどんな顔をするだろう？

どうしてだか、その姿は想像できなかった。

驚く気もするし、そのまま流される気もする。

私には、八重柏がわからない。

「イウサールさん、それじゃまたいずれ」

「え？　あ、ああ。それでは」

会釈して出てゆく白鳥を見送る。

その後で、八重柏を迎えた。

「お帰り」

「ただいま。彼には夕飯を食べて行っていただけばよかったかな」

「叔父が待っているから、帰した方がいい」

「そう」

「八重柏」

「何？」

呼び止めておきながら、私には次の言葉が出てこなかった。

何を訊けばいいのか、浮かばなかったからだ。なのに、訊きたいことは頭の中に渦をなし、溢れんばかりのような気がしていた。

「イウサール？」

「…いや、何でもない」

ふいに、彼の手が私の手を握った。

突然だったので一瞬ビクッとしたが、振り解いたりはしなかった。

「そう怯えなくても、こんなところでは何もしないよ」

と笑ったけれど、その手は少し湿っていた。

まるで緊張して、汗をかいているかのように。

「松沢さん、戻りました。お腹ペコペコですよ」

手は放され、彼が横を過ぎてゆく。

「遅うございましたねぇ。たった今までお客様がいらしてたんですよ」

「玄関先で会ってご挨拶はしました」

「左様ですか。それじゃ、すぐにご飯にいたしましょうか」

彼が緊張するなんて、考えたこともなかった。

八重柏はいつも大人で、悩んでいる姿など一度も見たことがなかったから。

『一つの視点からだけ見ていると、行き止まりに見える時も、別の場所から見ると出口が見つかることがあるかも知れない。頭を切り替えてみるのもいいでしょう』

彼がもしも悩んでいるとしたら、という視点から見たら、何かが変わるだろうか？

「イウサール、ご飯だよ」

でも彼が何に悩むというのか？

私にはそれもわからなかった。

「今行く」

それすらも。

繰り返す日常。

学生としての務め。

穏やかな日々。

苦悩する恋愛。

答えが出ない問題と、答えの出ている問題。

この家に戻ってから、八重柏は恋愛のことについて語ることはなかった。

始めのうちこそ、それはありがたいことだったが、それが続くと不安になる。彼が恋を終わらせてしまったのではないかと。

好意を向けてくれるのはわかる。行動の一つ一つが優しいから。向けられる視線が真っすぐに私を見てくれているから。

だがそうなると、どうして彼が何も言い出してくれないのかがわからなくて不安だ。

彼はセックスレスの恋愛に切り替えたのだろうか？　それとも私から話題を振るのを待っているというのか？

私から話題を振るのは、ためらわれたからずっと状況に甘んじていたが、こうも続くと…。

穏やかである彼の横顔が拒絶に見えてしまう。

愛し合っているはずなのに、どうして何もしないのだろう。

もう一度手を伸ばしてくれたなら、あの時のように一方的でなければ彼に応えてもいいと思っているのに。

ちゃんと話をしてもいいのに。

それとも、私が跪いて愛を乞わなければ、動かないと言いたいのか。それは出来ないとはっきり言ったのに。

時間が過ぎれば過ぎるほど、彼の手が欲しかった。

口づけだけでもいいから与えて欲しかった。

この衝動は、彼の中にはないのだろうか？

私を好きというのは、抱きたいと、身体を求めたいという気持ちではないのだろうか？

ホテルで帰り際、彼が私を子供扱いしたのも不安の原因だった。

もしかして、それで私は再び恋愛対象から外されてしまったのではないか。理由も知らず喚《わめ》き散らしたことで、まだまだ子供と思われたのでは？

イライラする。

落ち着かない。

気が付けば、いつも指はテーブルをパソコンの縁を、デスクを、忙しないキツツキのように小刻みに叩いていた。

自分が立てるその音にも苛つく。

そうしている間に、何故私がこんなに苛つかねばならないのかがわからなくなった。

私を愛しているのなら、私達は恋人のはずだ。恋人ならば、私を放置しておくことは許せない。理由があるのなら説明して欲しい。

「イウサール。お行儀が悪い」

食事の席、テーブルをカツカツと指で叩く私に、その原因である八重柏が注意する。

「最近クセになってるようだが、気を付けなさい」

クセになっていると、気づいているのに、それだけか？

「苛つくことがあるからだ」

「だとしても人前でテーブルを叩くのは止めなさい」

それは何かとは訊いてくれないのか。

自分が理由だと気づいてくれないのか。

「子供のように説教をするな」

「子供でなくとも無作法には注意する」

伝わらない悔しさに、また指でテーブルを叩く。

「イウサール」

言葉が、見つからなかった。

自分の気持ちをストレートにぶつけるための言葉が。

いくら探しても、『お前を愛しているのに』の先がわからない。愛していれば全てがまかり通るわけではないと知っているから。

だが言わなくては何も伝わらないのだ。

訊かなくては答えは得られないのだ。

「八重柏」

「何だい？」

「今夜、話がある。お前の部屋へ行っていいか？」

ならば行動するしかないだろう。

「…かまわないよ。だからテーブルを叩くのは止めなさい」

私はテーブルの上の手を引っ込めた。

これが自分の我慢の限界だ、と思いながら。

目の前にいる彼に、私への愛情が残っていることを信じながら。

彼の部屋を訪れる時、パジャマには着替えなかった。

シャツとパンツと、きちんとした服を着て向かった。

特に意味はないのだが、夜着ではまるで情けをもらいに行くようだと思ったから。

「八重柏」

声をかけてから襖《ふすま》を開けると、彼は着物に着替えていたが、畳の上に正座して私を待っていた。

改められると、勢いが削がれる。

「どうした？　座りなさい」

「…ああ」

促され、彼の前に座る。

面と向かうと、落ち着かない。

「それで？　話というのは？」

「私達の恋愛についてだ」

話題を持ち出しても、彼は表情を動かさなかった。

どこか堅い顔のまま、笑みのカケラも見せない。

それがまた私を緊張させた。

「お前が、何を考えているのか知りたい」

「私？」

「何故、戻ってから何も言わないのか知りたい」

「会話はしているだろう？」

「そういう意味ではないとわかっているだろう」

手応えのない返事に、また苛立ちを覚える。

「私は八重柏を愛していると言った。八重柏も私を愛していると言った。それなのに何故、そのことについて触れようとしないか、知りたいのだ」

私の怒りと焦りに気づかない男ではないのに、それを見ようとしない態度。

「私は知りたい。八重柏が何を考えているのか」

「私？」

「そうだ。私にはわからない。想像もできない。八重柏は私を愛していると言ってくれた。だがその言葉以外で、私にお前の気持ちを伝えて欲しい」

いつも、丁寧な説明をくれる男だった。

親切に、相手にわかり易《やす》く伝えてくれる人だった。

だから、自分が勇気を出して尋ねれば、今回も同じように説明してくれるだろうと、信じて疑っていなかった。

だが…。

「君を、抱かなければよかったと思っている」

無表情のまま、彼は私に言葉の刃《やいば》を向けた。

「君を愛さなければよかったと思っている」

胸が痛む。

寒気がするほど、強く痛む。

そんな言葉が出てくるとは思っていなかったので、血の気が引いた。

もっと早くに、私が歩み寄らねばならなかったのか？　希《こいねが》わねばならなかったのか？

「それ…は…、もう私を愛してはいないという意味か…」

笑うところではないだろうに、その言葉を受けて彼の口元が微笑った。

「君が思うよりずっと、私は君を愛しているよ」

「では何故！　何故愛さなければよかっただなんて……！」

「手に入らないから、かな」

「私はここにいるではないか」

「君はここにいるが、私のものではない」

「お前のものだ」

「いいや、違う」

「違わない」

「ずっと、君は私から遠いところにいる。わかっていても、好きになった。君を望まずにはいられなかった。あの遠い国にいる時からずっと…」

今度は喉を鳴らして八重柏は笑った。

クックッと、肩を揺らして。

「初めて会った時から、国にいる時から、私のことを好きだったと言ってくれているのか？」

「そうだよ。言っただろう？　私は君が十四だとは思わなかったと。体格もいいし、しっかりとしていたし、もっと上だと思っていた。もっとも、それでも未成年だとわかってはいたけれど」

「私だって、あの時から好きだった。だから告白したではないか」

あの時から、相思相愛だったというのなら、何故今後悔する。

「嬉しかった。君の口から私への好意を聞けた時には。だが私には大人としての節度があった。それに、子供の気持ちは変わるものだから、それに応えてはいけないと思った」

それはわからないでもない。

「だから、大人になってからもう一度言えと言ったのだな？」

「もしも、大人になってもイウサールの気持ちが変わらなかったら、私も自分の本当の気持ちを告げようと思っていた。そんな望みが微かなものだとわかっていても、それに賭《か》けるしかなかった。私から君に愛を告げられない以上、君の出す答えを待たなければならなかった」

「何故？」

「一つには、私が大人で、君が子供だったからだ。そういう分別は大人がするものだからだ」

「一つ、と言ったが他にも理由があるのか？」

「それはわかりきったことだろう？　私達が男同士で、君が王子だからに決まっている」

八重柏は、どこか投げやりなふうに見えた。

いつもの整然とした彼とは違う。

「私が我欲を通せば、君が傷つく。あの時イウサールを好きだと言って君を抱いたら、離れられなかった。だが未成年である君は私と共に日本に来ることは出来なかっただろうし、私が残っても王子である君の側にはいられないことはわかっていた。だから何も言わずに離れた。いつか……、いつか君が私の元へ来てくれるのではないか、私を呼んでくれるのではないかと思って。…ずっと、ずっとだ。六年間待ち続けた！」

声を上げ、彼が前に頽《くずお》れるようにして拳で畳を叩く。

その苦しみがわかるか、というように。

不謹慎なのはわかるが、彼のその痛ましく悲しい姿に、私は喜びを感じた。

長い時間忘れられなかったのは自分だけではなかった。彼もまたずっと私を愛してくれていたのだと。

同時に、その長い時間が彼を苦しませていたことを後悔した。

「八重柏…」

「君を愛している」

俯いたまま、彼は続けた。

「君の全てを手に入れたい。何もかも捨てさせて、ここに置いておきたい。だがそれが出来ないこともわかっている。君が王子であるからだ。私は君の気高さを愛しているが、それが私を拒むことも知っていた」

「私は拒んだりしない」

「だがここを出て行っただろう？」

「それは…」

ふっと、上げた彼の顔が冷酷に笑う。

「私に抱かれてプライドが傷ついたから、だろう？」

「わかって…」

「わかっていた。だから君の自由を奪ってから抱いたんだ。逃げられないようにして。私は聖人君子でもなければ優しい保護者でもない。ただイウサールに焦がれるだけの男だ」

彼が悲痛な叫びを口にする度に、背筋がゾクゾクした。

彼の苦しみが、私の喜びだった。

「何故…、私を連れ戻さなかった？」

私を傷つけ、悩ませたのは八重柏のはずだった。

だが実際はその逆だった。

私が、彼を傷つけ、苦しませ続けていたのだ。その優位性に歓喜している。

目の前で、完璧《かんぺき》な大人の男だった八重柏が壊れてゆくのを見て、喜んでいる。

お前を壊すことができるのは、俺だけか？

それほどまでに恋焦がれていたか？

心の中でそう問いかける私は、破綻《はたん》しているだろうか？

「君が姿を消した後、ただ一度でも手に入れられたことで満足しようと努力した。君が私に抱かれてもいいと思っていたのならここに残っただろうが、家を出たということはそれを拒んだということになる。もし迎えに行って連れ戻したら、我慢する自信がなかった。だがもう一度抱いたら、君は私を嫌うかも知れないと思うと怖かった」

「八重柏が、私を恐れた？」

「当然だろう。君に嫌われることが何より怖い。それでも、会いたくてホテルに行ってしまった。もしかして、その姿を遠くから見られやしないかと」

私のために、来たのか。

「だがお前は酷い言葉を投げ付けた」

「酷い言葉？」

「私に跪いて愛を乞えと言った」

彼は、『ああ』という顔で頷いた。

「賭けてみたんだ」

「賭け？」

「君が王子を捨てられるかどうか。負けて膝を折ることが許せないイウサールが、私のために膝を折れるかどうか。気位の高い君が、そのプライドを捨ててまで私の愛を望んでくれたなら、信じられると思った」

「私を疑っていたのか？」

「君の愛情は疑わない。ここまできたのだから。だがそれが私と同じものだとは思えなかった」

「何故？　私はここへ来るために努力して…」

「大人になるために何人もの相手と寝て経験を積んだと言ってしまうような程度だろう？　あの時、その相手を絞め殺してやりたいほどの衝動が湧いたよ。私が触れる前にイウサールに触れた者を全て、消し去りたかった」

喜びが止まらない。

いけないことだとわかっているのに、もっと、もっと、彼の告白を引き出したい。

私が悩んで逃げ回っていた分、いや、それ以上に彼の傷を抉《えぐ》りたい。

八重柏の苦しみが、愛されている実感に繋がる。

「イウサールは、私に愛を乞わなかった。それは違うと突き放した。その時の私の絶望を、君は知らない」

目の前に立つ私を、どこか遠い目で見ていた彼。

その内側で、傷つき、血を流していたのか。

「君はあの頃と変わらず気高く、王の子だった。不思議なことに、悲しいけれど、嬉しかった。君が安っぽい青年に成り下がっていなかったことが。私の愛する王子であることが。だから気持ちを切り替えた。君の望まぬことはもうしないようにしようと。どうせイウサールがここにいるのは短い間なのだろう？　だったらその間だけでも嫌われないで、愛を受けて過ごしたかった。私に残されるのはその先の孤独な絶望だけだから、いい思い出にしようと」

そんなことはない、とは言えない。

確かに私の留学期間は有限で、それも一年か二年のことだろうから。

「だが我慢できなかった。君に触れたい、君を抱きたい、自分のものにしてしまいたい。手を伸ばせば届くのに、伸ばすことが許されない。手を握っただけで震える君に、何ができる？　愛しているのに、一緒にいることがこんなにも辛い」

震える声。

八重柏は、こんなにも激しい愛情をひた隠しにしていたのか。

全てを告白し終えて、彼は居住まいを正した。

真っすぐに私を見て、酷薄な笑みを浮かべる。

「こんなに苦しいのなら、君を愛さなければよかった。君を抱かなければよかった。それが私の『考えていること』だよ」

彼を、愛している。

私を愛し、苦しんでいる彼が愛《いと》しくて堪《たま》らない。

ああ、そうだ。

愛されている喜びで、より彼に愛を感じている。

何を差し出してもいいくらいに。

これほど私を愛してくれる者とは二度と出会うことはないだろう。八重柏を逃したら、この大きな愛情をも逃すことになる。

「それでもまだ、私を愛しているのだろう？」

手を取ってやると、彼は悲しそうに笑った。

「…絶望的なくらいに」

「それならばいい」

彼の手は、とても熱かった。

拳を握っていたせいか、興奮しているせいか。

「私はお前に膝など折らない。お前に愛してくださいとは言わない」

それとも、自分の手が冷たくなっているのだろうか？　緊張して。

「…わかっている」

時が来たら、答えなど簡単に出ると白鳥は言っていた。その通りだ。今この瞬間、伝えるべき答えを見いだした。

「だがお前を愛しているから、私を愛することを許す」

「イウサール？」

「私は惨めな物乞いのように愛情を求めることはしない。誰にも私を自由にはさせない。それをしていいのは八重柏、お前だけだ。お前だけに、私を愛することを許す」

「…イウサール」

「男として、お前を抱くのだと思っていた。だから抱かれてショックだった。自分が女のように貪られるなど考えもしていなかったから。今でも、あれは屈辱だったと思う。けれどお前になら、それを許そう。それが私の愛情の示し方だ。それならば信じるだろう」

「もう一度…、君に触れていいのか？」

握った手が、同じ温かさになる。

彼の熱が移ったように。

「好きなだけ」

彼の熱に侵されたように…。


昔、八重柏を猫科の野獣のようだと思ったことがあった。

しなやかさの中に強靭なものを感じて。

時折見せる視線の中の鋭さを、強い男のものと思った。

だが美しく穏やかで、保護欲もかき立てられた。

その全ては間違いではなかったのだ。

彼は激しさと穏やかさ、余裕と悲しみ、二つの顔を持っていたのだから。

そして私はその両方に惹かれ、愛していた。

私が望まなければ彼は動くことができない。その怯えがいじらしい。男である私を容赦なく貪ろうとする欲、その激しさに呑み込まれる。

私を押し倒した彼のキスは、まるで獣のように激しく、喰《く》らうように深かった。

シャツのボタンを外し、褐色の肌に痕を残しながらキスを振り撒《ま》き、下肢に手を伸ばす。

獣が肉を喰らうように、柔らかな箇所を探して微かな痛みを与える。

その顎を捕らえ、再び唇を重ねると、舌が絡められた。

彼の手は休みなく私の服を剝がし、肌を求める。

彼の欲望に気づかず、自分の予想と違う結果に翻弄《ほんろう》され、一方的に貪られた時には嫌だった彼の愛撫が、今は心地いい。

いつもの物静かな彼からは想像もつかないその猛々《たけだけ》しさは、余裕のない証拠。

いつでも、どんな時でも自制心を持ち、よき大人であろうとしていた彼が、私の上でだけただの男となる。

そうさせているのが自分だという喜び。

気持ち一つで、同じ行為をこれほど違うものに感じるとは。

「八重柏よりも大きくなった私をまだ抱きたいのか？　それとも、お前の心の中にはまだ幼さの残る私がいるのか？」

私も、彼の浴衣の襟から手を入れて、滑らかに肌の感触を楽しんだ。

「子供に興味はない。子供が好きならあの時に襲っているよ。イウサールに惹かれたのは、君が気高い存在だったからだ」

けれどどうやら私の方が快感には弱いらしい。

八重柏は口と手の両方を動かせるが、私は時々走る甘い痺れに手が止まってしまう。

「夜のプールサイドを覚えているかい？　君が一人で泳ぎの練習をしていた」

「覚えている」

「あの時、単に競争に負けた悔しさではなく、己の誇りのために自分を戒めている君を見て、心が震えた。もう少しで押し倒してしまいそうなくらいに」

やはりそうか。

あの時、彼は私を好きでいてくれたのか。

…押し倒したかったというのは気づかなかったが。

「一人でプールに飛び込んだのは、頭を冷やすためだった。こう言うと怒るかも知れないが、君が誇り高くあればあるほど、自分の手でそれを打ち壊してしまいたかった」

「傷つけたかったのか」

「違うよ。その誇り高い君が、私の腕の中で誇りすら忘れて溺れる様が見たかった」

彼の口が唇から離れ、胸を過ぎ、腹を彷徨う。

臍《へそ》の横にくすぐったいようなキスをすると、手が開いたズボンの中のモノを咥えた。

「…う」

熱い舌が私を奮い立たせる。

簡単に自立するそれは、彼の舌によって膨らみを増した。

脱がされたズボンの撓《たわ》んだ布が身体の下で塊になるから、やはりパジャマにすればよかったと後悔した。

だがそれもすぐに彼の手がどこかへ取り去った。

裾の方に残っていた二つだけのシャツのボタンは、自分で外した。

迎え入れるように前を開け、惜しみ無く自分の肉体を見せつける。

八重柏は顔を上げてそれを見ると、白い手をその真ん中へ置いた。

「綺麗な身体だ」

「私には八重柏の方が綺麗に見える」

「それは嬉しいな。君には醜いと思われたくない」

「醜いなんて、絶対に思わない」

断言すると彼は笑った。

「それを嘘とは思わないが、時を経れば容貌も変わる。美しさで愛されることは怖いよ」

「その頃には、側にいるだけでも嬉しい存在になればいい。そこまで私も精力絶倫じゃいられないだろうから」

「可愛いことを」

前に私が彼に向けて言ったのと、同じ言葉を返される。

隆起した筋肉を、指先が辿《たど》る。

遊びで抱いた女達の、人工的に着色された爪よりももっと薄いピンク色の短い爪が、残像を残しながらまた下へ向かう。

そこに触れたと思ったら、彼は動きを止めて身体を離した。

「八重柏？」

「ちょっと待っていなさい」

「どこへ？」

「もう一度こんな夜が訪れると思わなかったから、何も準備はしていないが、せめて負担を軽くしてあげたい」

そう言うと、彼は部屋の隅の箪笥《たんす》へ行き、引き出しから何かを取り出した。

乱れたままの着物姿の彼は色っぽい。

やはり自分が抱きたいと思うくらいに。

「八重柏は何かスポーツをやっていたのか？」

戻った彼は身体を起こした私の正面に座った。

「少しはね」

手の中にあった小さな容器を見せ、フタを開ける。

軟膏《なんこう》？

「何を？」

最後の一言は意地悪だな。

「剣道と空手をやっていた。まあそこそこ強いよ。君を押さえ込める程度に」

「そのせいか着物が好きなんだ」

「着物はあちこち無防備で、誘ってるようだ」

「では今度イウサールにも仕立てて上げよう。私が誘われるように」

中身を指ですくい取り、それを私の奥へ塗り付ける。

「…う」

「メンソールは入っていないから、染みないだろう？」

「違う…、指が…」

薬を塗り付けながら、その先が時々中へ入り込むのが焦れったい。

彼がどんな感覚を与えてくれるかを知った身体だから、その僅かな刺激では物足りない。

「指？　もっと奥？」

「…ッ」

ずっ、と深く入り込まれて息が止まる。

「やめ…」

「もっとゆっくり抱いてあげたいけれど、どうも私は君のこととなると忍耐力に欠けるみたいだ」

前よりもずっとスムースに、指が中で動く。

動きを止めようとして力を入れても、油分の多い軟膏が抵抗をなくすので、指の抜き差しを止められない。

入れられるのは奇妙な圧迫感だが、引き抜かれる時にはそこからの解放が快感に繋がる。

「う…」

身体を倒し、彼が再び私のモノを口に含む。

「やえ…ッ」

後ろと前とを同時に弄られて、鳥肌が立つ。

この快楽は、彼にしか与えてもらったことがなかった。

口でされたことぐらいはあるが、後ろを弄らせるなんてさせたことはない。

だから、これは彼だけに許された愛撫だ。

そう思うと、余計にゾクゾクとした。

「八重柏…、もう出るから…」

「構わないよ」

「今は、君の言うことはきかない。君が許すと言ったから、イウサールの全ては私のものだ」

「私が嫌だ」

「あ…ッ！」

歯を立てられ、思わず声を上げる。

彼の様子を見るために、肘《ひじ》をついて起こしていた身体が倒れ込む。

腰が疼き、熱が集まり、痙攣する。

「八重柏…っ」

彼がそこで何をしているか、もう見えなかった。

私の目に移るのは、ただ板目の天井だけだった。

だが感覚が全てを教えてくれる。

彼の舌が私のモノに絡み付き、吸い上げ、甘く噛む。

指が奥まで入り込み、そこをぐるりとかき回し、引き抜かれる。

入口の辺りだけで出入りを繰り返しては、また奥へ入り込む。

女ではないのに、そこが生殖器ではないのに、その動きは私を狂わせる。

「あ…、あ…」

今日は声を殺す必要がないので、唇からは喘ぎが溢れ続けた。

「う…」

だが声を出すと、抑制がきかなくなって、身体の中の何かがより敏感に反応してゆく。

「君と寝た者は多くいるだろう」

彼がソコで喋るから、言葉に合わせた唇の動きに刺激される。

「君の身体を知る者は多くいるんだろう。悔しいことに」

喋っていない時にも、歯が当たり、チクチクとした痛みを感じる。

「だがこんなふうにあられもなく身悶《みもだ》え、声を上げるイウサールを知っているのは私だけだ」

「ああ…っ、そこは…っ」

前にイかされた場所を指が探り当てるから、背中を反らせて跳ね上がる。

まだイきたくなくて腕で顔を覆い、唇を噛んで我慢するのだが、彼はそれを許してくれなかった。

「可愛いよ、イウサール」

もう一度、指がそこを刺激し、ざわりとした感覚を呼ぶのに合わせて、彼が私の先を奥歯で軟らかく噛んだ。

「う…ッ、…クッ」

どくどくと、脈打ちながら流れ出てゆく熱に、肌が粟立《あわだ》つ。

動きを止めた彼の指を締め付けて、筋肉が痙攣する。

重い肉塊に戻った私のモノを、今度は手が嬲った。

快感の名残に震える先に、指先がかかる。

残っていた精液を掘り出すように開いて、軟らかい場所を撫でる。

「い…っ、や…め…っ」

指は動かないのに、私の肉が動いて指を感じる。

「サ…ディストめ…」

「かも知れないな。自分でも驚いてる」

微笑む彼の顔は、慈愛を湛《たた》えているようにも見え、こちらの反応を悦《たの》しんでいるようにも見えた。

けれどその笑顔を美しいと思ってしまうことには変わりない。

「この間は後ろめたさがあったから、顔を見られなかったが、今日はその顔を見せておくれ」

「…八重柏」

「君が、どんなふうに乱れてゆくか知りたい」

指が引き抜かれる。

引き留めるような肉の締まりを振り捨てて。

「私だけが知る恋人の顔が見たい」

両方の膝のすぐ下辺りに手が置かれ、ぐっと押される。

すると脚が折れ曲がり更に腰が浮いた。

「運動をしているから、身体が軟らかいな」

その浮いた腰の辺りに、彼が当たる。

「手を離せ」

「ダメだ」

「身体を起こしたい」

「…何故？」

「お前が入るところを見たい」

「わかった」

手が離れるから、脚を伸ばして上体を起こした。

彼がしたいことがわかっているから、もう一度脚を大きく開き、膝を折る。

彼が確かに男である証が、ギリギリに張り詰めた形でそこにあった。

思わず手を伸ばして触れると、ソレは小さく震えた。

「私も…してやればよかった。お前は私に快楽を与えるだけで、自分を昂めることを強要しないんだな」

「一番大きなものをもらうからね」

「でも私は同じことをしてやりたい」

「では次に」

「次？」

「次はあるんだろう？」

声に不安の響きを感じたのは気のせいだろう。

だがもし不安に思っているなら安心させてやりたかった。

「ある。お前が酷くしなければすぐにでも」

「努力しよう」

指が再び入口を探り、肉を解す。

粘膜を嬲りながら広げてゆく。

私はちゃんと見ていた。

彼の、私の肌より白いモノが自分の身体を求めるところを。

息を合わせ、貫かれるのではなく呑み込むように、彼を受け入れる。

「…あ、あ…、あ…ぁ…」

思わず彼の肩を摑み、前屈みになる。

摑んだのが着物の肩口だったので、強く力を入れるとずるりと落ちた。

「あ…ッ、ア…ッ」

息を吐いて声を出していないとどうにかなってしまいそうだ。

「イウサール、ゆっくり倒れなさい」

「オゥ…、ン…」

背中に回った彼の手に支えられ、身体を倒す。

体勢が変わる度、中で当たる場所が変わり、涙が出そうだ。絶対に泣いたりなどしないけれど。

「動くよ」

と断りを入れられても、揺すられると痛みと快感で頭が飛んだ。

「ア…ッ」

我慢できない。

彼が上手いのか、相性がいいのか、強い快感の波にさらわれてゆく。

「あ…」

のけ反った喉に、彼のキス。

舐められて震える。

意識を飛ばす場所を見つけられ、何度も突き上げられた。

声を上げ過ぎて、喉が痛い。

激しくされて腰が痛い。

「イウサール…」

名前を呼ばれるのが嬉しい。

持ち上げられた脚を撫でられてゾクゾクする。

切れ切れの思考の断片。

「やえ…し…」

苦しくて、切なくて、何も考えられない。

「八重柏…」

かすむ視界の中で、乱れた髪の、苦しそうな彼の顔が見えた。

奥を抉られると同時に唇が重なる。

痛みがあって、悲鳴を上げるところだったのに、声は彼の口に吸い込まれた。

絶対に流さないと思っていた涙がぽろりと零れる。

あとはもう、何も覚えていなかった。

「がし…、やえが…」

ただ彼に縋り付き、その名前を呼び続けたこと以外は。

「八重柏…」


明るい色の着物を着て、肩にかかる真っすぐな髪をしたこの細面の男が、鬼畜同然の行為を微笑みながらする、とは到底思えなかった。

「今夜は泊まってくるのか？」

穏やかな声、優しい立ち居振る舞い。

誰がどう見ても、聖人のような男が、夜だけは魔神《ジン》になる。

「いや、多分戻ってくる。向こうは向こうで邪魔をされたくないだろうし」

「邪魔？」

「白鳥は叔父上の愛人だ」

それを告げたら、彼がどんな顔をするだろうと考えことがあるが、結局想像はしきれなかった。

現実はといえば、意外なことに、彼は目を見開いて驚いていた。

「え…？　あ、そうか…。そうだったのか」

「驚いている？」

「というか…。反省している」

「反省？」

「君が懐いているように見えたから、嫉妬していた」

…それはこちらが驚いてしまう。

「そうなんだ」

「イウサールは誰に対してもあまり敬語を使わないからね。お身内でもない彼に敬意を払っているのは少し妬けた。だが叔父上の愛人というのなら、納得したよ」

まだ驚きを残しながら、彼は笑った。

「では、その叔父上と白鳥さんによろしく」

「ああ」

松沢さんがいないことを確認し、彼の唇を掠《かす》め取る。

寝床では暴君である彼は、照れたように私を叩いた。

本当に、彼は変わっている。

「いってくる」

八重柏の家を後にして、向かうのはマージド叔父が白鳥と暮らしている家だった。

もちろん、事前に来訪を伝えている。

八重柏を受け入れることを決めた時、私は全てを受け止めることにした。

留学期間の一、二年の間だけ彼と恋愛できればいいと思っていたのは間違いだった。

彼との恋愛は、その全てを与え合わなければならない。

だから、叔父上に会ってそのことを告げるつもりだった。

叔父上も同じ男性の恋人を娶《めと》っている身だから、わかってくれるだろう。そして白鳥も。

彼に、何かあったら手助けしたいと言って止められたが、こちらが先に手助けを求めることになろうとは……。

もっと広い家を想像していたのだが、教えられた住所にあったのは日本にしては大きい程度のマンションだった。

叔父ならば屋敷をしつらえると思っていたのに。

インターフォンを押し、セキュリティを解除してもらい、そのまま奥へ向かう。

部屋の前へ着く前に扉が開いて白鳥が顔を出した。

「いらっしゃい」

スーツではなく、ラフな格好をしていると、いつもより少し若く見える。

「叔父上は？」

「ああ、奥にいる」

「そうですか」

何故か、彼は私をじっと見つめて肩を竦めた。

「何か？」

「いや、すっきりとした顔をしていると思っただけだ。入りなさい」

その言葉使いも、いつもとは違う。

「マージド、イウサールが来たよ」

彼に先導されて奥へ向かうと、明るい色のリビングに叔父が座っていた。

「よく来たな、イウサール。突然話があるというから心配していたよ」

立ち上がり歓迎の抱擁を交わす。

「ちょっとしたお願い事があるだけです」

「お願い？　欲しいものでもあるのか？」

「マージト、立ったままで話をしても何だろう」

「ああ、そうだな。座りなさい」

叔父の前の席を示され、腰を下ろす。

白鳥は、叔父の横に座り、その耳に囁いた。

「大声は上げないと約束しろ」

驚いた。

彼が叔父に命令するとは。

「何だそれは?」

二人の関係が特別だという証を見せつけられた気がする。

「いいから、約束してくれ」

「…わかった。大声は上げない」

「手も出さない」

「手も出さない。…手を出すようなことが起こるのか?」

「さあ? 俺《おれ》にもわからないな」

…白鳥はプライベートでは自分を『俺』呼ぶのか。

「さて、何だか変な具合になったが、お前の願いとは何だ?」

納得のいかない顔で、叔父が尋ねる。

「実は、大学を卒業した後のことなんです」

「将来のことか。まだ早い気もするが、先を見据えるのは悪いことではない。それで、何かなりたいものでもあるのか？　それとも更に学びたいのか？」

「叔父さんの会社で雇っていただきたいのです」

「私の？　何故？　お前は建築の勉強をしているのだろう？」

「建築の仕事はしたいと思っています。ですが、日本に残るためには、叔父さんの会社に入るのが一番反対されないだろうと思ったのです」

「日本に残りたいのか？」

「はい」

「どうして、と訊いていいか？」

「あなたと同じです。日本に恋人ができたので、彼と共に在りたいんです」

「恋人…？　彼…！」

「マージド、大声を出さない」

「お前は知っていたのか、卓也」

「知らないけど、察してはいた」

その返事に、叔父の口元が『へ』の字に歪む。

「相手は誰だ？」

「八重柏教授です」

「や…！」

「声が大きい」

「何故お前は驚かん、やはり知っていたんだろう？」

「白鳥さん、知っていたんですか？」

叔父に睨まれる白鳥を私も驚いて見つめた。男性を愛しているというところまでは、今までの会話でわかってしまっただろうが、相手を匂わせるようなことは何一つ言っていなかったのに。

「いや…、俺はそういうことに疎い方だが、牽制《けんせい》されたので、そうかなと…」

「牽制？」

「俺に、あなたにイウサールの心配をされる謂《いわ》れはないみたいな…。それで、マージドは彼の願いを聞き届けるのか？　それとも却下するのか？」

「そんなこと…」

返事を期待して身を乗り出す。

叔父は私を見て、バリバリと頭を搔いた。

「…私にどうしろと言うのだ？　お前は王子なんだぞ？」

「兄弟は多くいます。王になるのはリドワーン兄上です。それに、どこにいても私はそのことを忘れたりはしません」

「卓也」

救いを求めるように見上げられて、彼は澱《よど》みなく答えた。

「俺に彼の恋愛をどうこういう資格はない。自分の家族を捨ててもいいと思ってここにいるのだから。だが、もし何か言えるとしたら、別れるものはいつか別れる。別れないのならば、本気の恋愛だろう。彼が俺の甥ならば、本人が覚悟を決めている限りできるだけのことはするだろう。そして相手の男の本気を確かめるだろうな」

「…八重柏はお前がここに来ることを知っているのか？」

「二人によろしく、と」

それが最後の決め手となった。

「わかった。いいだろう。卒業までお前達が別れなかったら、考えてやる。だが、今から八重柏のところへ行って、彼の話を聞くからな」

「わかりました。では、連絡します」

「着替えてくる。卓也、お前も支度しろ」

苛立って席を立った叔父を見送り、私は服のポケットから携帯電話を取り出した。

「一つ気になっているんだが、イウサール。『もしも』の相談で、男のプライド云々の話をしていたが…」

「あれはもういいんです。私が彼に抱かれることを受け入れましたから」

私の返事に、白鳥はその後を続けなかった。

「…俺も着替えてこよう」

一人残された私は、必ずいい結果が出ると信じ、恋人を呼び出していた。

『はい？』

「私だ。今から叔父上達と一緒に戻る。お前に話をしたいそうだ」

『私に話？』

「お前が本気かどうか知りたいらしい」

電話の向こう、小さな忍び笑いが聞こえる。

『ではお待ちしますと伝えてくれ。それには絶対の自信があるから』

その返事に私も微笑んだ。

「当たり前だ。でなければお前に私を愛することを許したりはしない」

その幸福に完全な自信と誇りを持って…。

高貴な夜

ある日の夕方、大学から戻ってお茶をしている私《わたし》とイウサールの元に、松沢《まつざわ》さんが大きなタトウ紙を持って姿を見せた。

「せっかくですからね。日本《にほん》のお着物を作ってみたんですよ」

彼女はそう言うと、タトウ紙の中から真新しい浴衣を広げて見せた。

イウサールの長い手足を考えて、二反分の生地を使って作られた紬《つむぎ》のような模様の紺地の浴衣だ。

途端にイウサールの目が輝く。

「着物だ」

着物と浴衣の区別は、どうも彼にはつかないらしい。

遠い国からやって来た者には当然だろう。

「これは浴衣と申しましてね。本来はお風呂《ふろ》に入った後に着る、お部屋着のようなものです。外に出て行くのは着崩れたり色々と大変でしょうから、お家の中でお召しになるのがよろしいでしょう」

彼女の好意は彼を喜ばせたらしく、イウサールは浴衣を手に取ると布の模様や手触りを確かめるようにじっと見入っていた。

「ありがとう、松沢さん。とても嬉《うれ》しいです」

「それはようございました。帯もありますから、今日の夜にでもお召しになってください」

「是非」

彼は少し興奮したようにこちらを振り向いた。

「八重柏《やえがし》が頼んでくれたのか？」

こういう時、彼は年相応に見える。

「残念ながら、それは松沢さんのサプライズだな。私も着物は仕立ててあげようと思っていたけれど、ちゃんとしたものは身丈裄丈《ゆきたけ》をきちんと採寸しないとね」

「ミタケ、ユキタケ？」

日本語に堪能《たんのう》な彼も、そこまではわからなかったか。

「サイズを計るということだ」

「オーダーメイドなんだな」

「まあそういうことだ。だが着物を着て動くのはなかなか難しいかも知れないから、まずは浴衣で立ち居振る舞いを勉強するといいよ」

褐色の肌の、麗しい青年。

異国の王子。

「私がこれを着たところが見たいか？」

「とてもね。でも着るまでシワにならないように畳んでおきなさい」

「畳み方もあるんですよ。こうして縫い目を合わせて…」

古い家屋に老女、山ほどの本と広い庭。

縁側、鴨居《かもい》、あがりがまち、畳の座敷。

床の間に掛け軸、襖《ふすま》と雪見障子と板張りの飴茶色《あめちゃいろ》の廊下。

古色蒼然《こしょくそうぜん》としたこの家で、異国情緒漂う彼はとても異質だった。

「着かたも松沢さんに習うといい。私は夕食まで仕事をしているから」

その異質な彼が、私の恋人なのだ。

目を離しても、もうどこにも行かない、私だけの王子なのだ。

「わかった。では夕食に」

居間を出る時に振り向くと、二人が一つの風景におさまっていることが戯画のように見えた。だが見かけなど関係なく、国も、歳《とし》も関係なく、彼等《ら》は仲良く着物の着付けについて語らっていた。

運命とは不思議なものだ。

遠く離れた場所に生まれた者が、こうして同じ屋根の下に集っている。

あの国に行くのが、あと五年早かったら…。

私はきっと彼に恋などしなかっただろう。反対に五年遅かったら、彼は私などに目もくれなかっただろう。

だが偶然か必然か、結末はこうだ。

私は自室へ戻ると、学生達《たち》のレポートに目を通し始めた。

北洋《ほくよう》大学の八重柏教授。

それが自分の肩書で、それだけで自分の全《すべ》ての説明がついてしまっていた。彼に会うまで、それ以外の何者にもなれなかった。

けれど今はその肩書きに加えてイウサールの恋人だ。

彼は彼《か》の国の王の息子で、王族という立場があり、男性である自分が彼の恋人だと人前で名乗ることはないだろう。

新しいその肩書は人に知られてはいけないものだ。

だが今までのどの肩書よりも嬉しいものだった。

この歳になって、こんな喜びを得るとは、想像もしなかった。

あの時、あの国へ行かなかったら…。

ただ自分の好きな研究だけに没頭し、一人で老いていくことを選んでいただろう。

『あんた、時間作れるかい？』

あの一言がなかったら…。


「先生、あんた時間作れるかい？」

そう聞いたのは、取材に行った先の大工の棟梁《とうりょう》だった。

彼は宮大工の棟梁で、その時は上野《うえの》にある古いお寺の修繕をしていた。私は特別な許可を得て、その写真を撮らせてもらっていたのだ。

「時間ですか？　それはまあ作ろうと思えば作れますが…」

夏の盛り。

休憩時間にタバコをふかす老人の横で私は額を流れる汗を拭《ぬぐ》った。

「実はね、アラブの方のお大尽が、日本の神社みたいな家を建ててくれって言うんだよ」

「神社みたいな家ですか。でも、あちらの気候には合わないでしょう」

「そうは言ったんだがねぇ、どうしてもって言うんだ。神社は神様の住むところだから、人が住むようにはできちゃいないし、乾燥した土地じゃ柱だって割れちまう。だから無理だって。でも幾らかかってもいい、本物が欲しいんだってきかなくてなぁ」

「行かれるんですか？」

私の問いに、棟梁は遠くを見た。

「そうだなぁ。今時ゃ、一から立派なモンを建てるって人はいねぇからな。一度じっくり作ってみてぇって気はあるな」

それは本音だったのだろう。

宮大工の今の仕事の中心は新築ではなく修繕だ。

どんな細工を覚えても、結局は元々あった形を準《なぞら》えることばかり。

棟梁の歳を訊《き》いたことはないけれど、もう七十近いだろう。この歳まで覚えた技術を、思いっきり奮ってみたいという欲求は、彼の中に燻《くすぶ》っていたに違いない。

「もし引き受けるとなりゃ大仕事だ。誰《だれ》かにそれを残してもらいてぇ。だからもしも先生が時間があって、アラビア語ってのを覚えるんなら、一緒に連れてってやろうかと思ってな」

一から作り上げるところが見られる。

それは願ってもいないチャンスだった。

たとえそれが異国で、多少形の違う物として建造されるのだとしても。

「これから指し物師や経師屋や、彫り物の連中やら、色々と声かけてみねぇといけねぇって言ってたから、行くのはもうちょっと先の話だろうけどよ」

「行きます」

だから私はすぐに答えた。

「是非ご一緒させてください。スケジュールは何とかして調整します」

千載一遇のチャンスだから。これは逃してはいけないと思った。

当時、既に両親は鬼籍の人だった。

旧家で、事業をやってはいたが、私が学生の頃《ころ》に亡くなったので後を継ぐことはできず、そちらは叔父が継いでいた。

私はそちらの方には興味がなかったし、叔父は面倒《めんどう》見のいい人だったので、大学まで出して貰《もら》い、さらに実家は手付かずのまま譲られ、蓄えもそのまま渡された。

会社の全ての権利と引き換えに、ではあるが。

けれど望まぬ者にとってはその方がありがたい。

両親の遺《のこ》してくれたものは多くあり、収入に不安はなく、大学にはフィールドワークだと言えば休暇も取れるだろう。

恋愛でも、決まった相手はいなかった。

もっと若い頃には激しい恋愛もしたが、その頃には研究の方が楽しくて、時々性的欲求をどうにかできればそれでよかった。

だから、行ったのだ。

遠い国へ。

純粋に研究のためだった。まさかそこであんなことになるとは夢にも思わず、起きる何かを期待もしていなかった。

彼と初めて出会ったのは、歓迎のパーティの席だった。

王の子供として何人かの少年少女が紹介され、更に王の兄弟とその子供達。

一族というものに重きを置く国なので、結構な数だった。

イウサールは、その生まれに相応《ふさわ》しい不遜《ふそん》な態度で挨拶《あいさつ》をすると、すぐに下がってしまった。

後でわかったことだが、まだ子供なので退席させられたのだ。

可愛《かわい》いとは思わなかった。

カッコイイ子だな、と思った。

立派な青年で、幼さなど見えなかったので、十代ではあるだろうが、せめて高校を出たくらい、十八ぐらいだろうと思っていたのだ。

まさか十四の子供だとは…。

私が人を見る目がないわけではない。日本人の体格と比較すれば妥当な判断だった。

棟梁達など、成人男性だと思い込んでいたくらいだ。

彼の尊大な態度が、余計そう見させたのだろう。

身体《からだ》つきだけでなく、言動もしっかりとした彼は、子供扱いするのが失礼だと思わせた。

だから事実を知った時は、心から自分に理性があってよかったとほっとしたものだ。もしもあの時変な冒険心を出していたら、自分は日本に戻ることすら叶わなかったかも知れない。

危ないところだった。

私は若い頃から女性が不得手で、成人してから付き合ったのは同性ばかり。つまりホモセクシャルな人間だった。

なので、彼の若々しい姿態を見るにつけ、心にときめくものを感じていた。

だが恋愛にまで発展することはなく、目の保養と思う程度のもの。

親しく言葉を交わすようになって、心惹《ひ》かれても、それを恋愛にはできないとわかっていた。

私はもう十分すぎるほど大人だったので、自分の仕事が終われば彼と自分に接点などなくなるということがわかっていたから。

好き、と言う言葉に必ず同じ言葉が返ってくるわけではないということも。

だがあの夜のプールサイド。

「…見ていたのか」

と振り向いた彼の顔は、男の顔だった。

友人に競争で負けた、だから練習しているのだと言った彼の濡《ぬ》れた身体を見た時、勝ちたいためではなく負けないためにやるのだと言った彼の魂にまで染み込んだプライドの高さを見せつけられた時、自分でもどうにもならないほど心が震えた。

こんな人間を、見たことがなかった。

プライドという言葉を口にする者は日本にもいた。だがそのために努力したり、悔しさを滲《にじ》ませるほど純粋な者は出会わなかった。

誰もが、自分の立場を守るために『プライド』という言葉を使うだけで、本当の意味で己の気高さを守ろうとする者はいなかった。

彼等のはプライドではなく見栄《みえ》だ。けれどイウサールは真実己に対しての誇りを持っていた。

彼を手に入れたい。

彼を自分のものにして、その気高さを自分だけのものにしたい。

自分の中にサディスティックな愉《たの》しみがあるとは、今も思っていない。恋人は大切にしたい方だと思うし、性行為もノーマルだと思う。

けれどどうしてだか、彼の中に気高さを感じる度に、それにひれ伏すような喜びと同時に、それを壊してしまいたい衝動に駆られた。

あの頃は、それがどうしてだかわからなかった。

けれど今ならわかる。

私は、彼の『特別』が欲しかったのだ。

彼はあの頃も凛々《りり》しい青年に見えた。

自分はベッドの中での優位さにこだわりはなかった。

なのに、彼に抱かれたいではなく、抱きたいと思ったのは、彼に抱かれる人間ならばいくらでもいるだろうと感じていたからだ。

男も女も、イウサールの『強さ』の前には膝《ひざ》を折るだろう。

彼の腕に抱かれることを喜ぶだろう。

そして彼はそういうことには慣れていて（あの頃はそうでなかったとしても時間の問題だったはずだ）、そういう相手を取り替えることに感慨すら抱かなかったに違いない。

だから、私が彼を抱きたかったのだ。

いつもは決して崩さない顔を、自分だけが崩してみたかった。

誇り高い彼が、自分の前でだけ身悶《みもだ》え、声を上げるところが見てみたかった。

そうなって初めて、彼を手に入れたという実感が湧《わ》くだろうと。

そして事実そうだった。

イウサールが来日し、私を好きだと言ってくれた時、我慢できずに彼を抱いた夜。

彼は私の行為から逃れるために懇願さえした。声を上げて自制の利かないエクスタシーに溺《おぼ》れていた。

その姿のなんと甘美だったことか。

こんな姿を見たのは、自分が初めてだろう。

そしてこれからも、誰にも見せたいとは思うまい。負けることを嫌い、醜態を晒《さら》すことを嫌い、他人に翻弄《ほんろう》されることを嫌う彼ならば。

ただ一度だけでもいい。

その全てが、誰も手を付けていないイウサールが手に入るのなら、激情を抑えることなどできるわけがない。

これで失うことになっても、我慢はできなかった。

どうせ彼は手元には残らない。

恋は信じても、継続は信じていなかった。

夢を見ないから暴走したとは、何とも大人の言い訳とは思えないが、仕方がない。あの時は頭がおかしくなるほど刹那《せつな》的だったのだ。

再び会うことなど叶《かな》わないと思った果実が目の前に転がってきたのだから。

彼が、快楽に流されなかったことも、私への恋愛に固執してくれなかったことも、酷《ひど》い衝撃だったがどこかで予測していた。

私の手に収まる人間ではないところが好きだったのだから、わかっていただろう？

一度だけでもいいと思っていたじゃないか。

そう思って手を出したのだろう。

何度も自分に言い聞かせ、身を切られるほどの苦しみに襲われても、『仕方がない』という言葉で自分を納得させようとした。

なので、彼がもう一度私の元へ戻ってきてくれたのは、嬉しい誤算だった。

愛を乞《こ》うことはしない、それは愛ではないと言い放った彼が、この部屋で再び自分への愛を口にしてくれた。

「愛することを許してやる、か…」

彼らしい告白だ。

今思い出しても口元が緩む。

この私が、にやけるだなんて。

あの気高さを残したまま、彼が自分のものになった。

あと十年、いや、二十年若かったら、『大丈夫だよ』と彼を説き伏せて手を繋《つな》いで歩いていたかも知れない。

「…いかんな。浮かれてる」

本当に、人生なんて明日どうなるかわからないものだ。

自分がこんなふうに浮かれる夜を、想像すらしなかった。

「仕事をしなきゃ」

だが、レポートに目を落としても、頭の中は彼のことで一杯だった。

今日の夜のことに…。


「布一枚というのは、私の国と一緒だ」

まるで縁日に連れてってもらえると言われた子供のように、夕食後に私の部屋を訪れたイウサールは新しい浴衣でくるくると回った。

やっぱり、彼の方が自分なんかより純真で可愛い。

「違うのは、日本の方が色や柄が豊富だということだ」

昔は可愛いと思わなかったのに、こうして立派な男性となった彼を可愛いと思うのは矛盾だな。

「仕方がないよ。君の国の衣装は環境のための衣服で、日本のものは洒落《しゃれ》や粋《いき》を楽しむものでもあるのだから。君達の方が、禁欲的なんだろう」

　私は立ったままの彼の姿を目を細めて見上げた。

　松沢さんは裁縫が上手《うま》い。

　採寸していないはずなのに、浴衣は彼にピッタリだ。

「持っているものが少ないからだ」

「そうだね。だがそれは貧しいということじゃない。面白《おもしろ》い話があってね。家の中の物の多さを比べると、日本人が一番多いんだってさ」

「家の中のもの？」

「椅子《いす》や机や箪笥《たんす》、子供の玩具《がんぐ》や服のことさ。同じような中流家庭を比べると、ごちゃごちゃとしたアジアの他国でも、オイルマネーを摑《つか》んだ中東でも、豪華な歴史を持つヨーロッパでもない、小金持ちが一番ものを多く囲い込むということかな。なのにゴミが多いのも日本だ」

「…何か比喩《ひゆ》をしているのか？」

　イウサールは笑顔を消して問いかけた。

「確かに比喩的だな。あまり多くのものを持たなくても豊かになれるし、持ちすぎると捨て易《やす》くなる。何事もそうだ。恋もね」

　尊大だが不真面目《まじめ》ではなく、直情的だが愚かではない。

　こういうところも好きだ。

「私は一つだけでいい」

「それは私もだ」

私が言うと彼もそれに倣った。

嬉しい一言だ。

「それは私のことだと嬉しいな」

ダメ押しをすると、彼は少しムッとした。

「当然だ。疑うな」

こういう顔を見るのも好きだ。

彼の周囲に、彼の言葉を疑う者などいないだろう。

絶対的な優位者、彼の兄や父や年上の親族などはもちろん彼に反論もするだろう、意見したり命令したりもするだろう。

だがそれは彼自身が納得しているから、何を言われてもこんな顔は見せまい。同等か、それ以下の者で彼にちょっかいを出せるのは、きっと私くらいだろうな。それが確かめたくて言ってるのだから、私も人が悪い。

「疑ってるんじゃなくて、信じられないんだ。君が私を愛してくれているなんて、夢のようで」

「夢など見るな。私は現実ここにいるのだ。夢を見る必要はない」

こんな物言いすら、私を喜ばせる。

「すまなかった。自分に自信がないから…」

「この私の愛した者なのだから、それも止《や》めろ。八重柏はそれに値する人物だ」

「はい、はい」

浴衣姿を見せ終わったからか、イウサールは私の前まできて座ろうとした。

その膝に触れて、動きを止める。

「何だ？」

「そのまま」

そしてこちらが立ち上がる。

「せっかくの浴衣だから、少し堪能したい」

「まだ見たりないのか？」

「見るだけじゃない」

彼の手を取り、壁際へ引き連れてゆく。

柱を背にして立たせると、彼は不思議そうな顔をした。

「そのまま立ってるんだよ」

「それは構わないが…」

イウサールも身長があるが、私も決して低い方ではない。身体は細いが、背の高さだけなら彼のほうが少し高いくらいだろう。

だから顔を近づけるだけで、唇を重ねることができた。

「ん…」

キスは拒まれることなく、彼の方から積極的に舌が差し込まれる。

腕が回され、抱き締められ、深く口付ける。

ゆっくりと、舐《ねぶ》るように蠢《うごめ》く舌。

その舌使いだけでも、彼がこういうことに対して経験値が高いことを教える。

「…八重柏!」

だがその経験豊富であろうイウサールが、私の手の動き一つで狼狽《ろうばい》するのだ。

「何?」

「手を…」

視線が下へ向く。

「浴衣を堪能したいと言っただろう?」

まあ当然だろう。

私の手が裾《すそ》を割って彼のモノに触れたのだから。

「君が言ったんだったね、着物は無防備だと」

せっかく綺麗《きれい》に着た浴衣を乱すのは申し訳ないが、きちんとしていればいるだけ乱したくなるのは
男の性《さが》かも知れない。

「だが別の見方もある」

「八重柏…」

「襟を正したままで、こういうことも出来る」

彼を壁に押し付けて立たせたまま、私は彼の前に跪《ひざまず》き、裾を開いた。

抵抗される前に下着をおろし、手で弄《もてあそ》んでいたモノを口に含む。

「…んっ」

少し握っただけだから、そこはまだ硬さを得ただけだった。

けれど口に含んだ途端、肉は大きく膨れ上がった。

ついさっきまで、乱れのない姿だったものが淫《みだ》らに崩れてゆく。

これがズボンだと、モノを引っ張り出しても脚までは見えない。だが、着物だと、裾を開くだけで彼の下半身の全てが見える。

快感にしゃがみこみそうになるのを堪《こら》えているせいか、引き締まった脚には筋肉が浮き上がっている。

そこを撫《な》でると、筋肉はふるっ、と震えた。

「…八重柏、止《よ》せ」

「何故？」

「…立っていられない」

「立ってなさい。私が奉仕するから」

「奉仕などしなくていい」

「したいからしてるんだ」

奉仕、とは我ながら詭弁《きべん》だな。

プライドの高い彼は、乱れぬまま性行為を受けることは恥じらいを感じるだろう。彼はまだ若く、『する方』には鷹揚《おうよう》だろうが『される方』に関しては経験がないから。

口の中のモノが硬さを増してゆくのに声を殺すのがいい証拠だ。

よがり声を上げることも、彼にとっては屈辱なのだ。

「八重柏、するなら布団かベッドに…」

「このましたいんだ」

「どうして…」

「君の着物姿が綺麗だから、脱がしたくない」

「立ったままでするつもりなのか？」

「いいや、イウサールの蕾《つぼみ》はまだ硬いからね。それは無理だろう」

言いながら、指でそっと彼の入口に触れる。

指を感じてヒクついた場所は、きゅっと固く窄《すぼ》んだままだ。

立ったまま繋がるということにも欲はあるが、今はまだその時じゃない。

私は彼が大切なのだ。傷付けるような真似《まね》はできない。

「大丈夫、君が欲しいと言わない限り、立ったままなどしないよ」

残念だけどね、という言葉は敢《あ》えて呑《の》み込んだ。

十分に硬さを得るまで舌を使い、先が上向いてきたところで口を離す。

立ち上がると、イウサールは何も言わなかったが、恨みがましそうな顔で私を睨《にら》んだ。

続きをしろ、最後までしてくれと懇願することもできず、一度『止めろ』と口にしたから止めたことを咎《とが》めることもできない。

可愛いイウサール。

「これで…、どうするんだ?」

松沢さんの教え方がよかったのか、帯はしっかりと留まっていて、下と違って襟元はきっちりと閉じたままだった。

「さて、どうしよう」

「八重柏」

「意地悪を言ってるわけじゃない。ただ、立ったまま繋がるのは無理だろうし、かと言って後ろからは嫌だろう?」

「嫌だ!」

「では、手でするけれどいいかい?」

「お前は？」

「私はいい。君の顔を見ていたい」

「悪趣味だ」

「そんなことはない。イウサールが好きだから、それだけでも十分だという意味だ」

彼は困ったように口を歪《ゆが》ませた。

怒るに怒れないといった感じかな。

だがそうではなかった。

彼はふっ、と息を吐くと、私の浴衣の襟に手を滑らせた。

「イウサール」

ただ肌を滑るだけの手に、ゾクリとさせられる。

「一方的にされるのは好きではない。恋人ならば二人でよくなるものだろう？　お前に抱かれることが嫌なのではない、お前が私の相手でなくなるのが嫌なのだ」

「君の相手じゃなくなる？」

「私の反応を愉しんでいるだけでは、私と愛し合っていることにはならない。お前も満足しなければ、それは観察者の愉しみでしかない。恋人のそれとは違う」

…こういう時、彼は自分よりも純粋なんだなと思ってしまう。

彼にとって、性行為は純粋な愛の行為なのだ。少なくとも、私とのものは。

自分の欲求を満たすためだけではなく、相手と一緒にというのは何ともロマンティックな考え方だ。

だがそれを子供のようだとは思わなかった。

思えるわけもなかった。

我慢することに慣れた自分と違って、彼は己の欲しいものを欲しいと言えるというだけだ。

「私が満足するためには、君が傷付くことになる。それは望まないんだ」

その気持ちも本当なのでそう言うと、彼はふいっと横を向いた。

「してもいいと言っただろう」

「イウサール…?」

「私は『許す』と言ったのだ。…好きにしろ」

可愛らしい私の恋人。

誇り高く、自尊心も高い彼が、それを口にするのは勇気がいるだろう。

大人ならば、その気持ちを汲《く》んでベッドへ移動するべきだ。

いつか彼が恥じらうことがなくなるまで、この身体が慣れるまで、大切にしてやるべきだ。

頭ではわかっていても、私は彼に対しては欲望の塊だった。

「では、このましたい」

指を這《は》わせ、先ほど拒まれた場所を弄《いじ》る。

「…う」

「君が欲しい」

耳元に唇を寄せ、囁《ささや》きながら指先でゆっくりとそこを揉《も》む。

「我慢できないんだ」

耳朶《じだ》を舐り、首筋に口付ける。

私を愛撫《あいぶ》しようとしていた手が、縋《すが》り付くように力を込めた。

「脚を開いて」

「…嫌だ」

「開かないと辛《つら》いよ」

「…好きにしてもいいと言ったが、言いなりになるとは言っていない」

「わかった。では君の反応するままに」

指先を少し入れるだけで、整った顔は苦痛に歪んだ。

呼吸が荒くなり、目が堅く閉じられる。

言葉にしてやりたかった。

いい顔をしている、と。

私にだけしか見せない、艶《つや》っぽい表情だと。

けれどいたぶりたいわけではないので、感想は言葉にはしない。彼がその顔を見せてくれるというだけでいい。

指摘すれば、彼は私の行為を恐れるようになるかも知れないから。

失うものだと諦《あきら》めていれば無茶もしようが、いつまでも手元に置きたいと願うなら、その可能性が大きいのなら、優しくしてやりたい。

指を入れ、中を掻《か》き、深く差し込んでは引き抜く。

その度に彼の身体が震え、さきほど口で大きくしたモノが私の腹を擦《こす》る。

「あ…」

指を捕らえた筋肉が痙攣《けいれん》し、ふっと力が抜け、再び強く締まる。

彼が倒れ込んでしまわないように、意地の悪い私は彼の腕の下を通して壁に手をついた。

何人かとは寝たと自慢した彼の、まだ何も知らないことをしてやりたい。その時に戸惑う様を見てみたい。

指でここをじっくりと嬲《なぶ》られるのも、立ったまますることも、まだ誰ともしていないだろう？

感じているのに、勃《た》っているのに、触れてもらえずに放置されたこともないだろう？

君はいつでも望むものが与えられる立場だった。

焦《じ》れる、という感覚も初めてじゃないか？

だからそんなにも切なげな表情をするのだろう？

「イウサール、脚を…」

もう一度促すと、彼はわずかに脚を開いた。

「力を抜いて、壁によりかかるんだ」

「いいから…、前を…」

「ダメだ」

「八重柏…！」

「大丈夫、酷くはしない。私が君を傷つけることはない」

長い睫毛《まつげ》が震え、彼が息を整える。

力が抜けた、と思った瞬間、私は中に入れていた指を引き抜いて身を屈《かが》め、彼の片方の脚をかつぎ上げた。

「…八重柏！」

着物はいい。

こうして大きく開かせても抵抗はないし、その全てが露《あらわ》になる。

「止まらない。さっきのが最大の譲歩だったのに」

自分より濃い肌の色。

恥じらって赤く染まっていたとしても、私にはわからない。けれど筋肉の動きの一つ一つが、彼が怯《おび》え、諦め、待ち望み、焦れていることを教えてくれる。

「イウサールが悪い」

だから、我慢はしなかった。

「君が許すから、私は酷い男になってしまう」

我慢しなくてもよい関係になったから。

身体を寄せて硬くなったモノを指の代わりに宛《あ》てがう。

彼の身体を支えていた腕を引き抜き、彼が崩れ落ちてくる力を利用して挿入する。

「あ、あ、あ…」

耐えようとしても、そこは私を待っていた。

抵抗があっても、拒まれるほどではなかった。

「い…ッ！」

ぎゅっと、泣く子供みたいにしがみつかれて、挿入が止まる。

それでも、腰を突き上げて彼を貪《むさぼ》る。

しっかりと閉ざされていた襟元がはだけ、彼の胸が見える。

その小さな突起の先を、自分の浴衣で擦り上げてみた。

けれどそれほど刺激ではなかったのか、もっと重大な感覚に呑まれていたのか、しがみついた腕に変化はなかった。

「イウサール」

異国の王子が、私の腕の中で恋人に変わる。

気高い魂が、切ない劣情に呑まれてゆく。

いつもきつく上がっていた眦《まなじり》が、皺《しわ》を作って下がる。

苦しげに吐息を漏らし、肩を上下させて、私だけを欲しがる。

もっと強く求められたくて突き上げると、カクンと膝が折れた。

「…あ！」

自重で深く私を呑み込んだイウサールが、甘い声を上げた。

天を仰ぎ、自ら遠慮がちに腰を動かす。

「やめ…、も…」

言葉でだけの抵抗。

けれどそれさえ今の私には睦言《むつごと》にしか聞こえなかった。

もっと、『彼らしからぬ行動』をさせたくて、こちらも腰を動かす。

「ひ…、ア…ッ」

自覚はあるのだ。

大人気ないと、酷い男だと。

けれどそれも全てイウサールが悪い。

私を惑わす彼の愛《いと》しさが。

「やえ…、あ…ぁ」

淫れるその顔が。

いつも私を強欲な男に堕《お》とすのだ。

「愛してる…、イウサール」

恋という奈落の底に。


立ったままで一度イかせた後、横になって再び彼を丁寧に愛した。

今度は無理をさせず、彼を満足させるために。

せっかくの浴衣はもうシワだらけになってしまい、既に寝間着同然となったので、全て取り去り、風呂を使わせ、着替えさせてから疲れ果てたイウサールを彼のベッドへ連れてゆく。

ぐったりとして目を閉じた彼を見ていると、すぐに後悔に襲われた。

自分の欲望を優先させすぎたな…。

どうしても彼に触れる度、制御がきかなくなってしまう。

愛されている実感はあるというのに、確かめるように彼を傷付ける。

誰にも汚されることのない彼の誇りを引っ掻いて傷を付け、それが許されるのは自分だけだという満足を得たくなってしまう。

「ごめんよ…」

心から反省して謝罪を口にすると、彼は長いタメ息をついた。

「呆《あき》れたかい？」

枕元《まくら》に腰掛け、真っ黒な髪を指で梳《す》いてやると閉じたばかりの瞼《まぶた》が開いて、アーモンド型の目が私を見た。

もう、愛欲に溺れた恋人の目ではない。

凜々しく厳しい王族の視線だ。

「どうも私は、君に触れると嬉しくて限度を失ってしまうようだ」

「…別にいい」

彼は私を睨んだままポソリと言った。

「イウサール？」

「私を愛しいと思ってすることならば許す。一度言ったことは違《たが》えない」

不機嫌な声だが、怒ってはいなかった。

「そんなことを言ってると、もっと酷いことをするかも知れないよ？」

「嫌ならその時に言う。だが嫌ではないからしょうがない」

「本当に？」

彼の髪に置いた手に手が重なる。

熱い指先が強く手を握る。

「お前だけだからいい。お前が私を蔑《さげす》んでいるわけではないのはわかっている。愛しすぎて我慢がきかないのならば仕方がない」

「君は…」

誇り高いイウサール。

寛容で、潔い恋人。

彼のその強さが、私を甘やかす。

だがわかっているのだろうか？

甘やかされて許され続けることが、私をどんどんとサディスティックにしてゆくことに。

まだ許される、まだ許されると、より酷くして彼の愛情を確かめてしまうことを。

「お前は、臆病者《おくびょうもの》なんだな。だが安心しろ、私はもう怯えない。怖いものなどないのだ。だから好きなだけ私を愛すればいい」

いや…。

もしかしたら、そんな私の浅ましさに彼は気づいてるのかも知れない。

それでもいいと言ってくれているのかも知れない。

「ではどうか、私の愛を許し続けてくれ」

だからいつも、負けるのは私なのだ。

愛を乞うのは、私の方なのだ。

いつかきっと、そんな確かめ方をしなくても済む時が来るから。必ず来るから。

せめてその時まで、私の不安を受けとめてくれ。

「八重柏を愛している。どんなことをされても」

その強い眼差《まなざ》しで、この身勝手な男の愛を…。

あとがき

皆様、初めまして。もしくはお久し振りでございます、火崎勇《ひざきゆう》です。

この度は、「ブルーブラッド」をお手に取っていただき、ありがとうございます。

そして、イラストの佐々木久美子《ささきくみこ》様、素敵なイラストありがとうございます。担当のO様、色々ご迷惑をおかけしました。そしてご苦労様でした。


このお話、お気付きの方もいらっしゃるでしょうが、「ブルーダリア」「ブルーデザート」に続くブルーシリーズです。

それぞれのお話は主人公が違うので、続き物というわけではないのですが、今回も出ていたマージドと白鳥《しらとり》の恋愛は「ブルーデザート」で読めますので、どうぞそちらもお手に取っていただけると嬉しいです。


さて、今回の主人公のお話です。

既に公表されてるあらすじなんかでネタバレですが、もう絶対俺がヤっちゃうぜ、とやる気満々だったイウサールが返り打ちになっちゃう話です。

生まれたときから王子様で、何でもできる、自分の上にいるのは父や叔父、それに兄達だけだと思っていたわけですが、自分が組みしくはずだった八重柏《やえがし》にヤられちゃったわけですから、ショックです。

でもまあ今は、勝手にヤられたわけじゃなく、自分がヤっていいと言ったから、ということで折り合いをつけています。

叔父のマージドとしては、あの後白鳥と共に八重柏の家に行って、あなたの覚悟はどうなんだ、うちの甥が勝手に言ってるだけじゃないのか、と問いつめるでしょう。

でも、八重柏は礼儀正しく、それでも凜とした態度で、真剣におつきあいさせていただいてますと答えるでしょう。八重柏は真剣だし、イウサールも真剣、まして白分も同じように男性を恋人にしてる上、白鳥はイウサールの味方。

反対などできるわけもなく、認めるしかないですね。

イウサールは、本質的には弟気質なんじゃないかな、と思います。

だから、一度懐いてしまえば白鳥に甘えるでしょう。何かあるとすぐに相談に行く。

八重樫には抱かれてるだけでもちょっと弱味を握られてるような気になっているので、心は自分の方が優位だと思ってる彼は、何かあっても相談とかしたくない。

ところが白鳥は叔父の恋人だし、年上だから多少甘えてもいいと思ってる。本来なら叔父さんに相談するものですが、叔父さんには、恐れ多くて甘えるなんてできないので。

すると、一度は白鳥に懐きすぎてると嫉妬してしまった八重柏としては気が気ではない。いくら叔父さんの恋人とはいえ、イウサールは可愛いから（八重柏ビジョンです）、白鳥がその気になってしまうかも、とやきもきするでしょう。

一方のマージドの方も、甥っ子は可愛いが、恋人を取られたままなのが面白くない。

というわけで、イウサールと白鳥が仲良しになり過ぎると、お互い自分の恋人にたっぷり可愛がられてしまうでしょう。

八重柏は仕事が忙しくなるとイウサールを放っておく、するとイウサールは白鳥に相談に行き入り浸る、そうすると八重柏がヤキモチを焼いてイウサールのところに戻ってきて可愛がる。そんなローテーションができそうです。

そんな中、イウサールがちょっとイタズラ心を出して、叔父さんの会社のパーティに八重柏を呼んだりする。自分がカッコイイところを見せようとしていたのに、タキシードを着た八重柏はもっとカッコよかったりして。

そしてその会場に八重柏の昔の彼氏がいたりして…。

相手もそれなりの地位があって、八重柏と一緒にいるのがお似合いだったりすると、もうイウサールの嫉妬が大変じゃないかと。

でも、相手の狙いが実はイウサールの方だったりしても面白いかも。

イウサールって、ちょっとおバカな猟犬って感じがするので、獲物を追いつめながら溝

に落ちるみたいに、相手を牽制しようとして罠にハマッてしまいそう。(笑)

でも大丈夫です。八重柏はああ見えて武道家ですから。ちゃんと助けに来るでしょう。

しかも嫉妬深いので、相手はボコボコかと。

そのくせイウサールの昔の相手とかが現れると、笑って流しておきながら、実はすごく落ち込んでそう。

八重柏って、大人というものがどういうものかわかっているから、と思って仮面をつけてしまうタイプだと思います。本質的には大人だけど、子供っぽい部分は見せない。隠しとおすことができるくらい大人なわけです。

イウサールは子供っぽいけど、最後の最後で王族のプライドがあるので毅然とする。

あともうちょっと育つと心も身体も逞《たくま》しくなって、攻守入れ替わるような予感が…。

八重柏受かあ…。

下克上の日は来るのか来ないのか…。あ、あくまで下克上です。リバーシブルではありません。だってその時には、イウサール逞しいんですから。きっと、叔父さんの会社で働いて、スーツ姿なんだろうなあ。それもいいかも。

それではそろそろ時間となりました。またどこかでお会いできるのを楽しみに…。

LYNX ROMANCE

ブルーデザート

火崎勇　illust. 佐々木久美子

898円（本体価格855円）

スポーツインストラクターで、精悍な面立ちの白鳥卓也。従兄弟の唯南に頼まれ彼の仕事に同行した卓也は、アラブの白い民族衣装に身を包み、鷹のような黒い瞳を持つ、マージドと出逢う。仕事の依頼主で王族の一員だというマージドの話し相手を務めることになった卓也だが、彼から口説かれ、二人きりで行動するうち、徐々に惹かれていく。そんなある日、マージドの国の後継者争いに巻き込まれ、卓也は誘拐されてしまい——!?

LYNX ROMANCE

ブルーダリア

火崎勇　illust. 佐々木久美子

898円（本体価格855円）

外資系のIT企業に勤める白鳥は、頭脳だけが取り柄のサラリーマン。白鳥は、マンションの隣の部屋に住み、ワイルドで男らしく頼りがいがある便利屋の東城に恋心を抱いていた。ある日、白鳥の部屋が何者かに荒らされ引っ掻き回されていた。東城に助けを求めた白鳥は彼の部屋に暫く居候させてもらうことになる。思いがけない展開に胸を高鳴らせる白鳥だったが、喜びも束の間、会社に行くとさらに大きな事件が起きていて——!?

LYNX ROMANCE

強引《ごういん》な嘘《うそ》と真実《しんじつ》と

火崎勇　illust. 麻生海

898円（本体価格855円）

小説家として不動の地位を得、モデル並の美貌を持つ遠美真人。身分を隠し、あるパーティに出席していた遠美は、そこで有名モデルの二ツ木斎と知り合い、口説かれてしまう。すげなくお断りした遠美だったが、まずはオトモダチからと強引に付き合わされることになった。しかし、二ツ木とともに様々なパーティに出席するうち、彼の仕事に対する真摯で真面目な姿勢を知り、次第に心が揺れ動き…。

LYNX ROMANCE

最悪《さいあく》にして最高《さいこう》の抱擁《ほうよう》

火崎勇　illust. 亜樹良のりかず

898円（本体価格855円）

ブティック店員で端整な容姿の華原は、同僚から恋人のフリを頼まれ彼と共にバーに向かった。ところがそのバーで華原は別れた恋人の門倉と偶然再会してしまう。学生時代、華原は自分と付き合いながら別の人間とも身体を重ねる門倉に遊ばれていると思い込み、一方的に別れを告げていた。門倉を避ける華原に、門倉は「まだお前が好きだ」と告げ、情熱的に口説いてくる。最低な男のはずなのに、華原は惹かれる心を止められず…。

LYNX ROMANCE

最悪《さいあく》にして最高《さいこう》の抱擁《ほうよう》2

火崎勇

illust. 亜樹良のりかず

898円
(本体価格855円)

セレクトショップに勤める華やかな美貌を持つ華原理央の恋人は、カッコイイ大人の男・門倉真也。同棲生活も順調だったある日、門倉が経営するバーでショップの客である塩沢という男と出会う。熱く口説いてくる塩沢に華原は断り続けるが、塩沢との関係を誤解した門倉に無理矢理抱かれてしまい、喧嘩をしてしまう。二人の関係が険悪になる中、華原は塩沢の会社の倉庫で襲われ——!?

LYNX ROMANCE

最良《さいりょう》にして最後《さいご》の選択《せんたく》

火崎勇

illust. 亜樹良のりかず

898円
(本体価格855円)

期限は互いが飽きて別れるまで。ブティック店員で自他ともに認める遊び人の北里は、小悪魔のような美貌の青年・高島を口説き落とし付き合うことになった。ところが、いざ付き合ってみると、遊びなれているように見えた高島は、実は初体験もまだしていない初心な青年だとわかる。遊びなれた男が選んだ相手・高島は純真な小悪魔で、彼の純粋さに触れるうち、北里はいつからか溺れるように惹かれてゆくが…。

LYNX ROMANCE

ペーパームーン

火崎勇

illust. 水名瀬雅良

898円
(本体価格855円)

デザイナーの双葉亜矢は、義兄の黒岩と恋人同士だったが、本当の血の繋がりがあることが分かり、振られてしまう。傷つきながらも、諦める決意をした双葉はある日、黒岩にそっくりな御山という男と出会う。仕事を依頼され、御山と一緒に過ごす時間が多くなる双葉だったが、黒岩のことを思い出してしまい、さらに落ち込むことに。御山からは好意を寄せられ、心を揺れ動かせるものの、やはり義兄のことが忘れられずにいて……。

LYNX ROMANCE

恋《れん》愛《あい》禁《きん》猟《りょう》区《く》

火崎勇

illust. 小山田あみ

898円
(本体価格855円)

細身で押しの弱いの平井柚芽は、会社近くのカフェでよく見かける男に恋をしている。いつも窓際に座る彼を柚芽は密かに『窓際の男』と呼びこっそりと眺める日々を送っていた。嵐の日にもカフェを訪れた柚芽だったが帰りのエレベーターの中に停電で閉じ込められてしまう。幼少のトラウマから閉所恐怖症で暗所恐怖症でもある柚芽は狭い室内で過呼吸に苦しむが、偶然乗り合わせていた『窓際の男』の熱いキスによって助けられ…。

この本を読んでの
ご意見・ご感想を
お寄せ下さい。

〒151-0051
東京都渋谷区千駄ヶ谷4-9-7
(株)幻冬舎コミックス　小説リンクス編集部
「火崎《ひざき》 勇《ゆう》 先生」係／「佐々木久美子《ささきくみこ》 先生」係

リンクス ロマンス

ブルーブラッド

2010年10月31日　第1刷発行

著者……………火崎《ひざき》 勇《ゆう》
発行人…………伊藤嘉彦
発行元…………株式会社　幻冬舎コミックス
〒151-0051　東京都渋谷区千駄ヶ谷4-9-7
TEL 03-5411-6434（編集）
発売元…………株式会社　幻冬舎
〒151-0051　東京都渋谷区千駄ヶ谷4-9-7
TEL 03-5411-6222（営業）
振替00120-8-767643
印刷・製本所…共同印刷株式会社
検印廃止

ISBN978-4-344-81982-5　C0293
Printed in Japan

幻冬舎コミックスホームページ　http://www.gentosha-comics.net